Malairt Sgeul
Nuascéalaíocht ó Albain

Údair: Màrtainn Mac an t-Saoir
agus Donnchadh MacGiollIosa

AISTRITHEOIR: ANTAIN MAC LOCHLAINN

Tá Cois Life buíoch de Bhord na Leabhar Gaeilge agus den Chomhairle Ealaíon as a gcúnamh.

Aistrithe ón nGàidhlig le caoinchead CLÀR, ÙR-SGEUL a d'fhoilsigh na bunchnuasaigh *Ath-Aithne* le Màrtainn Mac an t-Saoir (2003) agus *Tocasaid 'Ain Tuirc* (2004) le Donnchadh MacGiollIosa.

Fuair an foilsitheoir cabhair airgeadais ó Idirmhalartán Litríocht Éireann Teo., (An Ciste Aistriúcháin), Baile Átha Cliath, Éire.
www.irelandliterature.com
info@ireland literature.com

Foilsithe den chéad uair 2006 ag Cois Life

© Màrtainn Mac an t-Saoir (2003) agus Donnchadh MacGiollIosa (2004)

ISBN: 1 901176 63 0

Clúdach agus dearadh: Eoin MacStiofáin

Clódóirí: Betaprint

www.coislife.ie

Clár

Réamhrá

Malairt Bhisigh

Dá mbeadh an réamhrá seo le scríobh agam deich mbliana ó shin is dócha gur mairgneach is mó a bheadh ann. Bheinn ag cur tharam faoin easpa dáimhe is comhrá idir Gaeil na hÉireann agus Gaeil na hAlban, mar a rinne Máirtín Ó Cadhain, Seosamh Mac Grianna agus a lán eile romham. Ach nár dheacair dom an tÉireannach a bhrostú chun eolas a chur ar chanúint is ar chultúr ár gcomharsan nuair a bhí litríocht chomhaimseartha na Gàidhlig go fann. Buíochas do dhéithe na héigse nach bhfuil orm dul i muinín an bhéil bhoicht. Tá malairt saoil ann agus is malairt bhisigh é.

Níl sé fíor a thuilleadh go bhfuil léitheoirí Éireannacha aineolach ar litríocht Ghaelach na hAlban, nó ní gá go mbeadh. Ní gá dul i muinín an Bhéarla, fiú amháin, nuair atá leaganacha Gaeilge le fáil de shaothar le Meg Bateman, Maoilios M. Caimbeul agus filí comhaimseartha eile. Tá an cnuasach filíochta/físealaíne *An Leabhar Mòr* ar cheann de na tionscadail foilsitheoireachta is suaithinsí ó thús an aonú haois is fiche seo. Bíodh sin mar atá, níor thógtha ar an léitheoir Éireannach a déarfadh gur filí ar fad iad lucht liteartha na hAlban agus go bhfuil litríocht na Gàidhlig beagán ar leathmhaing dá bharr sin. Nach filí uilig a bhíonn ar a gcamchuairt in Éirinn uair in aghaidh na bliana? Nárbh fhile a bhí i Somhairle Mac Gill-Eathain, mórscríbhneoir Gàidhlig na haoise seo a chuaigh thart? Agus sin agaibh fios fátha an chnuasaigh seo – go mbeadh faill ag léitheoirí Gaeilge blaiseadh de shaothar na n-údar próis atá á bhfoilsiú faoin scéim *Ùr-sgeul*, fiontar foilsitheoireachta a chuir brí agus borradh faoi shaothrú an fhicsin i nGàidhlig.

Is deacair a mhíniú cad chuige a dtagann comhluadar scríbhneoirí ar an fhód in am ar leith. B'fhéidir, ó tharla cuid acu a bheith ag plé leis an aistriúchán liteartha agus leis an scríbhneoireacht don aos óg cheana féin, nach raibh de dhíth ó úrscéalaithe agus gearrscéalaithe na Gàidhlig ach gléas foilsitheoireachta agus cuireadh chun oibre. Fuair siad an cuireadh sin sa bhliain 2003, nuair a thionscain Comhairle nan Leabhraichean Gàidhlig an scéim *Ùr-sgeul,* ag féachaint le scríbhneoirí próis a dhreasú chun pinn. Timpeall dosaen leabhar atá curtha ar fáil ag an chomhlacht foilsitheoireachta Clàr ó shin i leith. An té a déarfadh gur beag an líon sin níor mhiste dó é a chur i gcomórtas leis an lón gortach a bhí ann roimhe sin.

Agus ní hé líon na leabhar an t-ardú meanman is mó atá ann, ach mar a chuaigh siad i gcion ar shaol liteartha na hAlban. Nuair a d'iarr an iris *The List* ar a gcuid léitheoirí vótáil ar son na 100 leabhar is fearr a foilsíodh in Albain riamh, is beag a síleadh go mbeadh úrscéal le hAonghas Pàdraig Caimbeul, *An Oidhche Mus do Sheòl Sinn*, ina measc. Ná go n-ainmneofaí é ar ghearrliosta Leabhar na Bliana leis an Saltire Society in éineacht le James Kelman, Muriel Spark agus bodaigh an Bhéarla. Ná go mbuafadh Màrtainn Mac an t-Saoir duais ón chumann oirirc sin ar an chéad iarracht. Ní séanta gur díograiseoirí teanga iad údair *Ùr-sgeul*, ach ní litríocht ar son na cúise atá á cur ar fáil acu. An ní is measa faoin chúiseachas ná gur minic an 'déanfaidh-sé-cúiseachas' sna sála air, locht nach féidir a chasadh le húdair na scéalta sa chnuasach seo.

Tosaíonn an leabhar seo againne le dornán scéalta as *Ath-Aithne* le Màrtainn Mac an t-Saoir nach bhfaighidh an léitheoir Éireannach blas coimhthíoch ar bith orthu. Más in Uibhist a thiteann 'Teachtaireacht Samhraidh' amach d'fhéadfadh sé tarlú i dToraigh chomh maith céanna. Athraigh na logainmneacha i 'Ag Bailiú Ruairidh 'ic 'Ain Òig' agus thiocfadh Kraderson, an béaloideasóir santach doshásaithe, a thabhairt go hInis Oírr. Aithneoidh bunadh na Gaeltachta coimhlint na dteangacha is na gcultúr in 'An Áit is Áille faoin Spéir' agus admhóidh siad go doilíosach go bhfuil a ndúchas féin á threascairt ach oiread le dúchas bhunadh an Eilein Sgitheanaich. Rud a chuirfidh iontas orainn, b'fhéidir, ná a oiread Béarla atá trí chomhrá na gcarachtar i scéalta áirithe. Ní heol dom go raibh sé de mhisneach ag aon scríbhneoir Éireannach go dtí seo aithris chomh lom a dhéanamh ar an bhreac-Ghaeilge atá á labhairt sa Ghaeltacht agus sa Ghalltacht (mura n-áirítear scriptscríbhneoirí *Ros na Rún*). Tá eagla orainn éalú amach ó Ghaeltacht na Leabhar, ainneoin go bhfuil glan-Ghaeilge Pheig Sayers chomh marbh le canúint Sheathrún Céitinn. Scríbhneoir misniúil a thabharfadh aghaidh ar an fhírinne sin agus malairt friotail a ghlacadh chuige féin, go háirithe ó tharla an friotal sin a bheith chomh scaoilte is chomh mór sin ar ala na huaire. Leanfaidh Mac an t-Saoir a bhealach féin i dtaca le saothrú na Gàidhlig, go trialach turgnamhach.

Gearán a chluintear go minic ag léirmheastóirí Béarla gur d'aon chineál amháin an litríocht chomhaimseartha sa teanga sin, agus go gcloíonn na húdair leis na foirmlí a mhúintear i gceardlanna scríbhneoireachta nó a thaitníonn le foilsitheoirí coimeádacha. Sin locht nach bhfaighfear ar Dhonnchadh MacGillIosa, atá i ndiaidh ceann de na cnuasaigh is saoithiúla sa litríocht Ghaelach a chur ar fáil, mar atá *Tocasaid 'Ain Tuirc*.

Ceann de na cnuasaigh is caolchúisí chomh maith. Tá an chontúirt ann go léifeadh duine dornán leathanach d'eachtraí an phrionsa úd darb ainm an Sgeilbheag agus a rá leis féin nach bhfuil ann ach scéal béaloidis a ndearnadh beagán eagarthóireachta air. Achasán trom go leor i mbéal an Éireannaigh é sin, nó fuaireamar breis agus ár sáith seanscéalta athbhruite ó údair a bhí in ainm is a bheith ag dul don nualitríocht. Achasán gan bhunús a bheadh ann chomh maith, mar tá ealaín sna scéalta seo ar den dea-litríocht í. Tá acmhainn grinn agus cumas friotail as miosúr ag Donnchadh MacGillIosa, ach ní hé sin ar fad é. Páirt mhór de bhua na scéalta seo is ea an casadh a bhaintear as an *genre*. Bean, agus máthair, a insíonn an scéal, (nó a chumann an scéal, agus í ag tarraingt ar an aithne atá aici ar na comharsana). Ní hionann a tuiscint siúd ar an laochas agus tuiscint shimplí na bhfear. Deir béaloideasóirí gurb é feidhm na seanscéalta ceacht morálta agus eiseamláir dea-iompair a chur i láthair na n-éisteoirí agus, go dearfa, tá teagasc morálta sna scéalta seo. Ach is é rud go gcuirtear coinbhinsiúin *macho* na seanscéalaíochta trí chéile ar fad. In áit cleasa nirt agus calmacht, foghlaimíonn an Sgeilbheag gur dual dó a bheith cineálta do sheanmhná, gan a bheith róthrom ar dhaoine atá beagán lán díobh féin agus gan é féin a bheith sotalach. Laoch é seo nach náir leis a admháil go bhfuil sé sioctha le heagla roimh dhul a throid dó agus a mbíonn trua aige don chorrdhuine a chloíonn sé. Cleasaí atá ann a dteipeann air, níos minice ná a mhalairt, lámh in uachtar a fháil ar a chéile comhraic. Agus féach chomh leamh is a bhíonn na comhraic sin, cé is airde léim, nó cé is mó luas. Fiú amháin bíonn carachtair ag sárú a chéile le drochfhilíocht.

Tá greann áiféiseach sa bhardacht *naïve* sin a chuir saothar William McGonagall i gcuimhne do léirmheastóirí Albanacha. Fear de bhunadh Dhùn Dè a bhí i McGonagall a ndeirtear ina thaobh gurbh é an rannaire ba mheasa a chráigh na Béithe riamh. Fágaim faoi na saineolaithe é, sárshaothar McGonagall a chur i gcomórtas le héigse Chailean Mi Fhìn nó Dhòmhnaill Iain an Insurance. Ach cuimhnigh gur fear é Donnchadh MacGillIosa a chuir Gàidhlig chraicneach ar chuid de shoinéid Shakespeare (*Seachd Luinneagan le Shakespeare*, Roinn Cheilteach Ollscoil Ghlaschú, 1988) agus ar mór aige ceardaíocht agus ealaín na héigse. Ní gan eolas ar an cheird a chumtar dán chomh léanmhar le 'Trioblóidí Beaga an Chine Dhaonna!'

Buíochas le muintir Cois Life, Caoilfhionn Nic Pháidín agus Seán Ó Cearnaigh, as deis a thabhairt dom tabhairt faoin tionscadal seo, agus d'Idirmhalartán Litríocht Éireann a mhaoinigh an t-aistriúchán. Tá mé buíoch mar an gcéanna de Dhonnchadh agus de Mhàrtainn as comhairle a chur orm faoi fhocail agus leaganacha nach raibh mé cinnte dá mbrí. Ba í sin an chomhairle bheacht a d'fhuascail gach ceist a bhí agam. Mo bhuíochas fosta do John Storey, Comhairle nan Leabhraichean Gàidhlig, díograiseoir teanga den chineál is fearr agus is folláine. Gurab fhada é féin agus a bhuíon ag soláthar lón léitheoireachta dúinn.

Ciallaíonn * sa téacs go bhfuil nóta eolais ar chúl an leabhair.

Màrtainn Mac an t-Saoir

Blaiseadh ar Bheatha

Cé gur mhionnaigh Artair nach rachadh sé ar a bheatha bhuan chuig dinnéar i dteach 'an tslíomaire Shasanaigh úd', thug saint an ghoile agus an méid a chuala sé ag Rose ar an fhón air a chomhairle a athrú láithreach bonn.

'Go mífhortúnach,' ar sise le Dave, 'ní bheidh Artair in ann teacht Dé hAoine ar chor ar bith – tá siad á iarraidh sa phictiúrlann. Is cuma dúinne, nach ndéanfaidh an bheirt againn oíche de?'

Thug Artair leis buidéal Liebfraumilch a bhí sé i ndiaidh a thabhairt chuig cóisir in Sunbury agus a thabhairt chun an bhaile leis arís ag deireadh na hoíche.

'Bhfuil a fhios agat seo, a Dave, tá do chuid cócaireachta ar fheabhas uilig, a mhac – proifisiúnta, beagnach. Ní raibh mise ag dul a chailleadh an tseans seo ar mhaithe le duine ar bith.' Bhí sé ag tabhairt chuige tuilleadh curaí, a bhéal lán Chapatti. 'Bíodh acu, lucht na pictiúrlainne. Nach bhfaighidh siad duine éigin atá ábalta bréag a insint faoi na scannáin agus ticéid a dhíol? Cad é atá ann ar scor ar bith?'

'Cad é atá in cad é, a Artair?' a d'fhiafraigh Dave. Lig Rose osna eile.

'Cad é sin, a Dave?'

'Chuir tú ceist ar Dave, a Artair,' Bhí Rose ag éirí te ar chúl an mhuiníl. 'Ceist nár thuig sé. 'Cad é atá ann?' – cad é an chiall a bhí leis sin?'

'Ó, is ea. Bhuel, bhí, is é a bhí mé ag dul a rá, an sórt muisiriúin atá ann, mar ní réitíonn siad sin liom beag ná mór – cuireann siad snag orm. Ach...'

'*Paneer* atá ann, a Artair: rinne mé féin é.' Bhí Dave ag cur tuilleadh Chana Massalla ar phláta Rose, agus spúnóg den rís rua ar ar chroith sé gráinnín den chainéal briste agus síolta cardamom. Dar leis go raibh a sháith bia ag Artair.

'Tá go breá, mar sin,' arsa Artair, agus gáire beag neirbhíseach air. 'Nach tú an buachaill.'

'Tá a fhios agam,' a thosaigh Rose, 'go ndéanann an chuid is mó de do chuid sauces agus spices féin, a Dave. Bhuel, ní hé go ndéanann duine ar bith spices, abair, ach bíonn tú á meascadh le chéile agus ag cruthú rud úr leo, rud ar leat féin é, má thuigeann tú leat mé.'

'Is dócha é, a Rose,' arsa Dave. 'Tá an ceart agat – bím i gcónaí ag iarraidh na cannaí agus a leithéid a sheachaint más féidir é ar chor ar bith. Uaireanta, nuair a bhím faoi bhrú, téim go dtí siopa Áiseach in Papanui. Daoine a bhfuil muinín agam astu, féadaim a rá. Bíonn sauces blasta úra acu ansin, stuif a dhéanann siad féin. Ach fiú ansin, bíonn orm beagán díom féin a chur leo.'

Rith sé isteach in aigne Artair gur dócha gur *paneer* an focal a bhí i gcanúint na nIndiach ar 'ordóg coise'. Níor dhúirt sé focal an iarraidh sin, ach rinne sé dhá leath de gach cnap lena scian agus, gan iad a chur in aice a bhéil ar chor ar bith, chuir sé go himeall an phláta iad.

Dar le Dave gurbh fhearr i bhfad dó, in áit an tráthnóna a chaitheamh ag siúl trí shiopaí Christchurch sa tóir ar an stuif cheart, agus uair an chloig a chaitheamh ansin á ghreadadh go cúramach sa bhabhla a thug sé abhaile as Tuaisceart na hIndia, dá mbeadh sé le punta sausages móra garbha a cheannach agus a chaitheamh isteach sa scléad.

Shamhlaigh sé aghaidh Artair agus é ag gabháil dóibh go díbhirceach, subhachas ag leathadh ar a chraos agus an gheir ag rith isteach ina bhéal bréan.

'Agus is san India, tá mé cinnte, a chuir tú eolas ar an ghnó seo, a Dave,' arsa Rose. 'Is doiligh dom a chreidbheáil chomh maith is atá an bia seo. Tá sé díreach álainn. Aithním gach blas ar leith agus ansin imíonn siad uilig in aonbhlas amháin …mmm… atá chomh láidir. An é seo a bhí ar intinn agat, a Dave, nuair a chuaigh tú chun an Oirthir an chéad lá riamh?'

'Bhuel is é agus ní hé, a Rose.' Bhí Dave ag fanacht le hArtair cur isteach ar a chuid cainte. Rud nach ndearna sé.

'Bhí sé iontach mar a thit rudaí amach dom. Nuair a bhain mé Delhi amach i dtosach, chuir mé romham cúrsa cócaireachta a dhéanamh, agus d'fhéach mé le háit a fháil ar cheann acu, ach ní raibh dadaidh le fáil go ceann míosa. Bhuel, a dúirt mé liom féin, imeoidh mé agus fillfidh mé i gceann míosa. Is é sin a rinne mé fosta, thug mé m'aghaidh ar Dharamsala chomh luath is a bhí ticéad traenach i mo ghlac. Ach níor fhill mé ar Delhi go ceann ceithre mhí agus ní dhearna mé cúrsa cócaireachta ann fós.'

'Cén dóigh, mar sin…?'

Thug Artair faoi deara gur beag nach raibh Rose ag diúl na bhfocal as béal Dave.

'Bhí an t-ádh dearg orm, a Rose.' Thóg Dave bhaji beag dea-chumtha, agus chuir i lár an phláta fholaimh aici é. 'Nár thug teaghlach uasal, lách, fial isteach i gcroí a dtí agus a saoil mé. An chéad dinnéar a thug siad dom, níl focail agam air, a Rose. Níor bhlais mé riamh bia chomh húr is chomh hiontach. Agus cad é a bhí le déanamh agamsa? Faic na ngrást, ach a bheith ag teagasc beagán Béarla do Nitram, an mac is óige. Gasúr

16

beag breá, a Rose, b'fhearr liom go bhfaighfeá seachtain nó dhó leis siúd ná le do rang féin. Ní dhéanfá dearmad go brách de.'

Le linn do Rose a bheith ag cuimilt a béil, mhothaigh Artair sórt teasa faoina bhríste agus bhog sé a mhás ar an suíochán.

'Agus an bhfuil a fhios agat seo?' Bhí Dave ag tosú a bhaint taitnimh as an tseanmóireacht faoin am seo. 'Gach greim a chócaráil an bhean bhocht sin riamh, is i bpanna mór dubh os cionn tine i bpoll urláir a rinne sí é. Ní raibh iomrá ar bith ar *microwaves* nó Madhur Jaffrey i gcistin Shameem, a Rose.'

'Ní raibh. Is cinnte nach raibh! Ach deis chomh luachmhar leis, a Dave, foghlaim chomh tábhachtach. Tá a fhios agat, tig linne teacht anseo, do bhia galánta a ithe, do sheanchas a chluinstin. Ach tá tusa in ann na rudaí seo a chur i gcomhthéacs an tsaoil as ar fáisceadh iad, an saol lena mbaineann siad, in ainneoin na bochtaineachta agus an doilís go léir…'

'Nó lena rá ar bhealach eile,' arsa Dave i leathchogar, 'ghoid mé modhanna cócaireachta ó dhaoine nach mbeadh greim acu amárach, is dócha. Cad é an mhaith dóibh sin – b'fhearr i bhfad na scileanna a bheith ag duine éigin a bhfuil seans aige iad a chur i ngníomh: nach é sin é?'

'Stad, a Dave. Ní hé sin a bhí mé ag iarraidh a rá ar chor ar bith, ach gur fhan tú ina measc agus i measc an uile ruda atá ag baint leo. Cá mhéad againn a bheadh in ann sin a dhéanamh?'

'Bhuel, d'fhan, is dócha, ar feadh seal beag gearr, a Rose, is anois tá mé i mo chónaí sa Nua-Shéalainn. Is ait an mac an saol, eh?'

'Bíodh a fhios agat, a dhuine.' Bhí an phian ina ghabhal agus an curaí te ag cur Artair as a chiall, agus bhí sé ag sá ar phíosaí beaga ríse lena fhorc, iad ar nós críonmhíolta ag rince faoi chreig chorrach. 'Deirtear nach bhfaighidh tú curaí níos fearr áit ar bith ar domhan ná mar a gheofá in Bradford. Tá a fhios agat, is cosúil go bhfuil an áit lán, eh, de mhuintir na hÁise.'

An chic a bhuail Rose ar a lorga, bhí sé damanta nimhneach, agus scoilteadh a chraiceann. Ach fiú sin ní raibh sí chomh nimhneach leis an chrá gan mhaolú a bhí air anois. D'fhéad sé imeacht leis chun an tí bhig, ach d'fhan sé ansin ina gcuideachta.

'Tá cara agamsa – bhuel, fear a raibh aithne agam air in Albain. Chas tú féin le Seán Smart uair amháin, Rose – an cuimhin leat an oíche a raibh báisteach mhillteanach ann agus bhíomar ag caint leis taobh amuigh de Queen Street Station?'

Bhí cuimhne rómhaith ag Rose ar an oíche sin. Oíche a raibh sí féin ag iarraidh foscadh éigin a bhaint amach, oíche ar fliuchadh go craiceann í, ag éisteacht le beirt ghasúr ag bleadaracht go díchéillí faoi chúrsaí peile.

'Bhuel, bíonn seisean, Seán beag, bíonn sé féin agus scaifte dá chuid mates ag tarraingt ar Bradford gach mí nó gach sé seachtaine agus caitheann siad deireadh seachtaine ann, á marú féin le curaí. Uair de na huaireanta seo, bhí Seán ina shuí leis féin mall san oíche san Indian, abair gurb é an Taj Ma Bradford an t-ainm a bhí air.' Chuaigh sé ag casachtach, 'he...he...'

Ba thrua le Rose gur phós sí an breallán seo riamh.

Ní raibh an phian ar intinn Artair chomh mór sin anois, ach bhí an leithreas de dhíth air i gcónaí.

'Anois, bhí an chuid eile den chuideachta ag dul ar ais go dtí an teach lóistín. Bhí Seán i ndiaidh scéal éigin a insint dóibh, gurbh éigean dó mála a fháil nó rud éigin, agus d'fhill sé ar an bhialann a raibh siad ann

18

níos luaithe. Ní chreidfidh tú seo, a Dave, ach tá sé chomh fíor is atá an lá fada. Ok, tá an bhean seo ag freastal ar Sheán, agus tá sí millteanach dóighiúil.'

'Tá seo as miosúr,' a smaoinigh Rose i bhfocail a chuala an bheirt eile.

'An fhírinne ghlan atá mé ag rá, a Rose. Sin na cailíní Kiwi duit, a Dave. Tá an saol róbhog acu.'

Ansin nocht smaoineamh gan choinne in intinn Dave a d'fhág blas searbh ina bhéal. Chonaic sé Rose agus Artair ina seanaois agus iad fós le chéile.

''Beidh pionta lágair agam," arsa mo bhuachaill, Seán Smart. "Agus an bhfuil tú ag iarraidh rud beag eile sa bhreis air sin," a d'fhiafraigh an bhean dhubh de mo dhuine. "Nach maith gur fhill tú…"

Bhí Rose i ndiaidh breis agus a sáith a chluinstin de na scéalta strambánacha seo, nach mbíodh bun ná barr orthu ná, go minic, smut féin den fhírinne. Agus anocht, thar gach oíche, ní fhéadfadh sí é a thionlacan ar thuras amaideach eile a bhéarfadh í go dtí críoch nach dtiocfadh a fhulaingt gan mhórchuid náire.

"Cad é atá le fáil, mar rud beag sa bhreis?" arsa fear Ghlaschú.'

'Níl dadaidh le fáil,' a d'fhreagair Rose.

'Ní hé – fan go …'

'Ní fhanfaidh. Dún thusa do bhéal, a Artair. Nílimid ag iarraidh tuilleadh a chluinstin.'

Thug Artair súil ar Dave, ach bhí seisean gnóthach ag cruinniú na soithí agus ní amharcfadh sé suas. Bhí straois léanmhar ar Rose, a bhí seal ag ithe a méar agus seal ag cur a láimhe trína gruaig mhín bhán. D'imigh Artair go dtí an teach beag sula bpléascfadh a lamhnán.

Bhí comhrá níos réidhe ar siúl nuair a d'fhill sé, agus bhí Artair buíoch ar a shon sin.

'An mbíonn tú ag scríobh ar chor ar bith an aimsir seo, a Dave?' a d'fhiafraigh Rose, ag líonadh a gloine féin agus gloine Dave le Cabernet maith Astrálach.

'Tá mé díreach i ndiaidh amhrán beag a dhéanamh.'

'Abair é, mar sin!'

'Déarfaidh mé duit é, más mian leat.'

'Is tú a déarfas. Cad é ábhar an amhráin?'

'Bhuel, níl a fhios agam an mbeadh an ceann seo oiriúnach do na páistí scoile s'agatsa, a Rose.'

'Ó aidhe, tuigim,' arsa Artair, ag cogaint a spúnóige.

'Baineann sé le bean óg as Cosovó a thagann go Christchurch, an baile beag breá ina bhfuilimid féin, agus a thiteann isteach i, déaraimis, drochnósanna.'

Bhí Rose cinnte go mbeadh an t–amhrán ceart go leor. Nuair a thug sí Dave isteach sa scoil i dtús na bliana, bhí sé speisialta maith ag plé leis na páistí. Le hamhráin agus le cluichí, d'éirigh leis tuairimí faoi chogaí, grá agus slí mhaireachtála fholláin a mhealladh ó pháistí beaga seacht mbliana d'aois. Chuala sí rudaí ó bheirt go háirithe a chuir fíorionadh uirthi, leanaí Maori nach mbíodh mórán le rá acu in am ar bith ach a bhí ag cur tharstu go díbhirceach dícheallach i gcuideachta Dave.

D'fhógair Artair go raibh sé ag dul a ní na soithí. Ní raibh maith ar bith d'aon duine a bheith ag iarraidh é a stopadh. Ach is é rud nach raibh aon duine ag iarraidh é a stopadh.

D'fholmhaigh sé a raibh fágtha sna babhlaí móra cré isteach i mbabhlaí beaga a fuair sé sa phrios. Babhla beag ríse, babhla Channa Massala, agus ceann eile ina raibh an paneer. Thóg sé sásár beag ón taobh glan den doirteal, ghlan arís é, thriomaigh é agus leag air na ceithre bhaji a fágadh gan ithe.

D'fhág sé iad seo uilig go deas slachtmhar ar bharr an tábla agus dar leis go bhfillfeadh sé le clúdach plaisteach a chur orthu agus iad a choimeád sa chuisneoir.

Bhí sé ag ní na bpotaí nuair a thosaigh an ceol breá. Guth Dave a bhí ann agus é á thionlacan féin ar an ghiotár.

Níor thuig sé na véarsaí, mar bhí siad i dteanga éigin nár chuala sé riamh roimhe, ach bhí an curfá deas sultmhar. Amhrán na mná ó Chosovó.

> Ó tar, nach dtiocfaidh tú liom, a rún,
> is beidh tú saor go deo ó spíd an tslua
> ar mian leo go bhfanfá gan ghrá is gan mhuirn –
> anocht, nach dtiocfaidh tú liom, a rún?

Agus ansin buille te eile i magairlí Artair. An crá céanna arís. B'éigean dó an obair a chur uaidh in áit na mbonn agus rith chun an tí bhig.

Bhí an t-amhrán díreach ráite ag Dave nuair a dheifrigh Artair tharstu de léim. Chonaic sé na deora ag sileadh ó shúile Rose. Dar leis go dtitfeadh sé i laige.

Dhóbair nár bhain sé an teach beag amach in am agus, le linn dó a bheith ag déanamh a mhúin, bhí sé mar a bheadh uisce as coire a bhí á bhrú amach aige.

De bharr an angair seo uilig, bhí a bhrollach á theannadh, an chéad uair le fada an lá. Bhí aige leis an ghléas bheag liath a chroitheadh agus a chur go béal dhá uair. Bhí eagla air go raibh rud éigin millteanach cearr leis. 'Och, cad é atá déanta agat, a Artair?'

Ba trína allas, agus é ar crith, a chonaic sé a colainn dhea-chumtha. Nocht sí i ngloine dhorcha an chithfholcadáin. Beag, modhúil, toilteanach imeacht leis. Is é a guth nach raibh súil aige leis. Íseal i dtosach, an ceol brónach úd ina glór i gcónaí, ag fiafraí de cén fáth nach gcasfaidís le chéile arís. An guth ag éirí níos airde de shíor, eisean ciontach ach gan a bheith in ann freagra ar bith a thabhairt di.

Bhí súile Rose fós dearg nuair a d'fhill Artair ar an seomra suí, agus choinnigh sí a cúl leis.

Sa charr ag dul abhaile, tharraing Artair scéal air féin faoi cé chomh holc is a bhíonn tiománaithe eile, ach níor dhúirt Rose oiread agus focal. Bhí an raidió, a bhíodh ar siúl acu i gcónaí, ina thost.

Nuair a bhain siad an teach amach, chuaigh Rose díreach a luí. D'fhan Artair amuigh sa gharraí ag tógáil páipéar agus duilleog a d'fhág an ghaoth acu le linn dóibh a bheith tigh Dave. Thóg sé an píobán uisce ón fhéar, á chasadh mar a bheadh nathair ann ar chúl an gharáiste.

Thug sé súil suas ar an spéir, a bhí scamallach gruama, díreach mar a bhíonn go minic in Coatbridge.

Sheinn sé seanfhíseán le Harry Enfield ar feadh cúig nóiméad, ach bhí na guthanna gamalacha ag cur as dó.

Bhí *Daily Record* na seachtaine ina luí oscailte, mar a fágadh é, ag na táblaí sacair. Hibs fós ar bharr na sraithe. Nach maith iad! Ach cad é fá dtaobh de féin, cad é a bhí seisean ag dul a dhéanamh anois? Ní raibh amhras ar bith ar Artair ach go raibh a fhios go rímhaith ag Rose.

An Áit is Áille Faoin Spéir

…leathphionta agus leithcheann eile.

An deoch chéanna i gcónaí. Mar ba ghnách leis. 'Anns an talla 'm ba ghnàth le MacLeòid.'* Thug sé iarraidh ar gháire beag a dhéanamh, ach ghortaigh sé a chraiceann.

Bhí an beár ag síorlíonadh agus aghaidh dhifriúil á nochtadh ag an doras gach uair, nach mór, a d'amharcadh sé suas. D'aithin sé an chuid is mó díobh, d'fheiceadh sé minic go leor iad. D'aithin siadsan eisean. Bhí aithne ag gach uile dhuine ar Eachann, nó Hec mar a bhí ag Tim, fear an tí ósta, air. Rugadh agus tógadh é san áit (ní sa bheár go díreach, ach gar go maith dó) agus bhí sé i ndiaidh a shaol uilig a chur isteach ann.

'Except when I had to go to the Dental Hospital, where they removed all my wisdom teeth.' Mar a chluintí uaidh gan staonadh, ar feadh an tsamhraidh, agus é ag coinneáil comhrá gan siamsa le strainséir éigin. Cé nár chreid mórán a chuid scéalta, nó gurb é sin an t-aon uair a d'fhág sé an t-oileán riamh, d'aontaigh siad uilig, má bhí 'wisdom' ar bith aige, go raibh sé i ndiaidh a chailleadh in áit éigin. Agus ní hé sin inniu ná inné.

Chomh fada agus a thiocfadh le daoine a dhéanamh amach, ní dhéanadh Eachann faic ach a phinsean a ól ina leithéid seo d'áit agus é a scaoileadh ina mhún san áit seo eile. Deireadh cuid acu gur shaor adhmaid maith a bhí ann, agus is dócha gurbh ea.

…leathphionta agus leithcheann eile.

D'ardaigh sé an ghloine agus dhiúg siar a raibh inti. Chuir sé a theanga timpeall a bheola ansin, go dtí go raibh blas an allais níos treise ná an t-uisce beatha. Tharraing sé chuige an ghloine úr, agus bhris a ghaoth air.

Bhí sé ag éirí beagán míchompordach thart timpeall an bheáir, agus dream amháin ag brú isteach ag iarraidh deochanna a ordú, dream eile ina seasamh agus iad ar nós na réidhe, ag caint le chéile nó ag déanamh comharthaí le foireann an bheáir, ag iarraidh freastail. D'éist Eachann le guthanna na ndaoine ba ghaire dó.

'Could I hev two whiskies, a bacardi, a martini and lemonade and a vodka and cowk?' a d'fhiafraigh guth as deisceart Shasana de ghuth as Glaschú. Bhí guth fireann as Liverpool (mheas sé) ag iarraidh tabhairt ar ghuth baineann as comharsanacht Inbhir Nis deoch eile a ól, ach bhí sise á dhiúltú. Bhí guth as an oileán agus tuin bhréagach air ag insint do na gasúraí mar gheall ar an bhean a raibh sé léi an oíche roimhe. 'A'm telling ye, boys, Mhairi's a real piece of stuff – pure class, man!'

Caithfidh sé gur tháinig sí féin isteach díreach ag an am sin, nó scoir an guth sin, guth brónach an oileáin, lom láithreach. Agus na guthanna bleadracha a bhí ag éisteacht leis go suaimhneach go dtí sin, lig siad aon seitgháire amháin tríne srón. Is ea, chuala Eachann na guthanna ceart go leor, is thuig sé iad, na focail a deireadh siad. Bhí sé ag éirí cleachtach ar bheith á gcluinstin. Nárbh éigean dó?

…leathphionta agus leithcheann eile.

Bhí an comórtas dairteanna i ndiaidh tosú, foireann an bheáir i gcoinne fhoireann an bheáir dhá mhíle síos an bealach. Shílfeá gur chath a bhí ann agus go raibh beatha daoine ag brath ar cé a bhuafadh. Ní raibh sé ach nádúrtha go mbeadh mionnaí móra ag teacht ina sruth amach as béal na n-imreoirí chomh tapa agus chomh géar leis na dairteanna féin. Bhí an stól a bhí faoina thóin ag Eachann timpeall cúig troithe ar shiúl ó chlár na ndairteanna, agus bhí sé in ann an uile fhocal a bhí á rá ag na guthanna ann a chluinstin gan stró ar bith. Chuaigh 'Ya fuckin beauty' agus 'Ya cunt, ye' isteach ina chluasa agus bhuail tiompán a chluaise uair nó dhó sula thosaigh siad ag coimheascar le chéile istigh ina chloigeann. Sháigh sé a mhéara tiubha iontu agus stad an callán ar feadh tamaill a thug suaimhneas éigin dó; ach d'fhill sé arís nuair a thriail sé iad a bhaint amach.

…leathphionta agus leithcheann eile.

'How's the sexiest yodeller in town tonight, then?'

Bean fhionn (amach as buidéal) agus Pineapple Hooch ina lámh a labhair. Chonaic sé na bearnaí ina cár. Bhí aithne mhaith aige ar a máthair. Timpeall ceithre bliana ó shin, d'aistrigh siad ar ais chun an oileáin as Livingston nó as áit éigin láimh leis i ndiaidh don fhear a chuid oibre a chailleadh in Bathgate. Dúnadh an mhonarcha a raibh sé ag obair inti.

'All set for the Karaoke, mar sin?'

Rinne sé amach, agus a shúile á gcaochadh aige go raibh siad ina bpoill bheaga, nárbh í an fhírinne a bhí ina héadan, agus líon a cholainn le magadh is fonóid is dímheas. Bhí sé á chrá, ach níor dhúirt sé faic. Is é rud nach raibh faic le rá aige. Chuaigh sé anonn san áit a raibh triúr stócach óg ag imirt púil agus, i gceann tamaill, chuala sé a racht gáire. Agus na sé phóca ar an bhord púil, dhéanadh siadsan gáire fosta, gach uair a shlogadh siad liathróid.

…leathphionta agus leithcheann eile.

Bhí an áit anois ina lasracha dearga, uaine, buí, flannbhuí agus corcra, agus téad an cheoil á chasadh is á threorú acu. Mar sin féin, is maith a bhí Eachann in ann guth an DJ a dhéanamh amach tríd an cheo solais agus dí a bhí ag dalladh a intinne. Ní raibh neart aige air. Bhí bean ag cleachtadh fá choinne an chéad amhrán den Karaoke a cheol, agus ba ghránna an trup a bhí aici. Is í an bhean pheroxide a bhí ann.

26

Hey, Jude, don't make it bad
Take a sad song and make it better
Remember to let her into your heart
Then you can start to make it better,

Better, better, better.

…leathphionta agus leithcheann eile.

Bhí focail na n-amhrán uilig ag teacht suas ar scáileán, ach níorbh fhéidir leis iad a léamh. Bhí duine eile ag canadh anois, fear de lucht na ndairteanna, agus guth léanmhar aige. D'aithin Eachann sin agus ba mhaith leis go mór go stadfadh sé de bheith ag spochadh an amhráin.

…leathphionta agus leithcheann eile.

Bhí an oíche in airde láin faoin am seo. Bhí an áit ina raibh an bord púil ag cur thar maoil le colainneacha sleamhna a bhí á dtabhairt féin suas don cheol díblí. Timpeall an bheáir bhí gach suíochán folamh, ach amháin an ceann a bhí á lobhadh faoi Eachann.

Dúirt guth an DJ go raibh an Karaoke ag dul a thosú i gceann bomaite agus gurb é an chéad ainm a bhí aige ina lámh 'Hec the Hit MacLean.'

Bhí gach uile dhuine ag stánadh air. Bhí an bhean fhionn ag glaoch is ag bogadach mar a bheadh moncaí ann. Bhí laochra an phúil ag mionnú go dtarraingeodh siad den stól é, na lanna imeartha fós ina ndorn acu.

'Come on, Heccy, mate, you can do it. Gie's a Calum Kennedy or a wee Andy Stewart.'

Ach níor chorraigh Eachann. Cad chuige a gcorródh? Bhí callán an dioscó stoptha agus bhí an slua go léir ag bualadh bos ar nós buíon de lucht leanúna sacair agus iad ag agairt: 'Come on, Heccy! Come on, Heccy!'

Luigh a shúil ar phionta lágair marbh a bhí taobh lena chuid gloiní folmha agus theilg sé siar trí cheathrú de sular ghluais sé ina dtreo de thruisle míshocair, a lámha spréite amach mar a bheadh sciatháin ann.

Ansin, de phlimp, thit sé béal faoi i mullach na beirte ba ghaire dó. Ach thóg siad lena nguaillí ina sheasamh é, agus d'iompair siad é faoi dhéin an DJ agus an bhosca Karaoke. Ghabh sé an bod bog-the suarach ina lámh dheas agus thosaigh ag canadh ann gan nimh gan searbhas.

Thoir mo shoraidh dhan taobh tuath,
Eilean Sgitheanach nam buadh,
An t-eilean sin dhan tug mi luadh…*

D'éirigh leis an curfá a chur de, ar éigean, ach nuair a léim sé go corrach chun na véarsaí bhí 'Anns a'mhadainn moch Dimàirt' ag dul in áit 'mìle crùn' is bhí a ghuth is a inchinn ag dul tí an diabhail ar fad.

Stadadh sé, agus thosaíodh sé arís. Gach uair a dhéanadh sé sin, d'éiríodh gáir an tslua ní ba mhó agus ghéaraíodh ar an bhrostú: 'Come on, Heccy! Come on, Heccy!'

Gan rabhadh, thosaigh trup an dioscó agus scaip an slua ar ais chun an urláir.

Le mórdhoilíos, chuir Eachann chun bóthair, tríd an mogall damhsóirí agus amach ar an doras san oíche shalach.

Chomh luath is a bhuail an fuacht a chorp céasta, d'airigh sé a ghoile ag sceitheadh agus chuir sé amach a raibh ina bholg de dheoch is de ghráin is de ghuthanna. Ach choinnigh sé a sciathán, oiread is a bhí ar a chumas, ina thaca teann leis an bhalla, fad is a bhí a chloigeann á ghreadadh faoin tuile dheoranta.

28

Ag Bailiú Ruairidh 'ic 'Ain Òig

Bhuel, is ea, bhí seanduine ina chónaí sa cheantar seo ar a dtugtaí Ruairidh mac 'Ain Òig: Ruairidh mac 'Ain Òig 'ic Dhòmhnaill 'ic Nìll Dhuibh. Niall Dubh an t-ainm a bhí ar a sin-seanathair. Duine mór fóinteach, is cosúil. Niall Dubh mac an Sgiathanaich. Clann Fhionghain an t-Sratha a bhí orthu. MacKinnon a thugadh daoine orthu – is é atá orthu fós, ar dhream acu ar scor ar bith, an dream nach ndearnadh Dòmhnallaich nó Walkers díobh, an dtuigeann tú?

Cibé ar bith, níor dhuine chomh mór sin uilig a bhí i Ruairidh, ach mise ag rá leat, is é a bhí láidir. Diúlach beag tréan. Ba chuma cad é an obair a bheadh ann – ag cur nó ag clochadóireacht, is ann a bhíodh Ruairidh bocht, na muinchillí corntha suas aige, ag dul sixty, sula dtagadh ball bán ar an lá, agus ní scoireadh sé dá shaothar, ní imeodh abhaile in am ar bith, má bhí tuilleadh treabhaidh le déanamh nó tuilleadh féir le baint, bí cinnte nach n-imeodh, mura gcuirfí iallach air imeacht. A bhean bhocht, Màiri Anna Sheumais Dhòmhnaill, is minic a bhí aici le himeacht léi féin sa tóir air, bean bhreá a bhí inti sin fosta; siud í amuigh ag gogal leis ó imeall na páirce.

'Gaibhtse isteach anois, m'ansacht bheag,' nó 'Suipéar, a thaisce, béile breá mór, a thaisce.' Chluinfeá a scairteach i gCanaigh, an créatúr.

'Bhfuil a fhios agat, bhí siad uilig chomh maith ag obair an t-am úd, gach mac máthar acu, ach an fíor-chorrleisceoir – b'éigean dóibh a bheith, ach ina dhiaidh sin is uile bhí mianach i Ruairidh nach bhfacthas ach go hannamh.

Is ar éigean a ghlacadh sé sos ar chor ar bith, agus bhí urraim mhór ag muintir na háite seo dó. Bhí a ainm in airde ar fud an oileáin mar fhear oibre, Ruairidh mac 'Ain Òig.

Anois, níl a fhios agam ó thalamh an domhain cad é a tharla. Bhí dream ag rá gur taisme a bhí ann, bhí cuid eile ag déanamh gur sórt, mar a deireadh na seandaoine, lionn dubh a tháinig air. *Depression* a bheadh acu air inniu, tá mé cinnte. Ach ní dhéantaí mórán cainte faoi na trioblóidí sin an uair úd. Ní raibh de mhisneach acu barraíocht a rá ar eagla go dtabharfaí iad féin ar láimh.

Ar scor ar bith, cibé cad é ba ábhar dó, is é rud gur chaill Ruairidh suim sna beithígh is i saothrú an talaimh. Chuir sé uaidh gach uile chloigeann díobh, ag an aon cheant geimhridh amháin – is ea, na beithígh; choinnigh sé dornán uan go dtí an t-earrach dár gcionn. Dhíol sé ar fad iad an uair sin. Màiri Anna bhocht ag gol is ag goldar is ag guí air ceann nó dhó a choinneáil, is cad é a dhéanfadh siad anois, is cad é eile. Ní éistfeadh sé. Bhí deireadh leis an pháirt sin dá shaol.

Ní raibh d'iarraidh aige ina dhiaidh sin ach ag léamh. Dheamhan a dhath ach ag léamh. Léamh gan scor gan sos. Leabharthaí móra toirtiúla, a ghrá, ag teacht chuige seachtain amháin is á gcur ar ais agus cinn úra á n-ordú chomh tiubh céanna.

Anois, is i dtrátha an ama sin a tháinig an Meiriceánach i dtosach, cé nár chas sé le Ruairidh ar chor ar bith ar a chéad chuairt chun an oileáin. Chaith sé an chuid is mó den am i gcuideachta mhuintir na h-Àirde Gairbhe. Dream saoithiúil a bhí iontu sin fosta, a ghrá: Eòghainn Mhìcheil, an Bhantrach Mhabhsgaideach, Clann Phàdraig. Ní bhfuair mé amach riamh cad é an rud nó cé an duine a chuir Kraderson bealach na h-Àirde Gairbhe. Ernest Kraderson – sin an t-ainm a bhí air. K-R-A-D-E-R-S-O-N. Pole ba athair dó, a phós Gearmánach mná as an Bhronx. Giúdaigh go smior na gcnámh. D'fhulaing siad anró thar insint le linn an Dara Cogadh. Creidim gur ag teitheadh a bhí an teaghlach nuair a chuaigh siad go

Meiriceá, i ndiaidh... chuala mé, ar scor ar bith, gur cailleadh ceathrar acu, deartháireacha a athar, gur plúchadh ceathrar acu.

An mháthair a bhí ann, níorbh fhéidir léi cur suas lena thuilleadh fuatha, bhí uncail di ina chónaí in Brooklyn, ag obair sna duganna ansin i measc na nÉireannach – bádaí móra breátha ó gach cearn den chruinne á bhfeistiú ann gach uile lá. Chuir seisean an t-airgead ar fad chucu, le iad a thabhairt go dtí áit ní b'fhearr. Bhí an tseanbhean ann, agus George – sin athair Ernest – agus bhí iníon a tháinig slán ann fosta, Marjory. Bean mhór dheisealach. D'éirigh go hiontach maith léi sin sa deireadh thiar thall, phós sí dlíodóir as Wisconsin agus d'oscail sí tithe do sheandaoine – tá a fhios agat, na retirement homes úd. Bhí ceann acu i ngach Stát, beagnach, faoin am a raibh sí réidh leo. Is í a dhíol as tréimhse Ernest Kraderson in Ollscoil Harvard, an Aunt Marjory úd.

'Faigh thusa,' ar sise, 'an fhírinne ó bhéal na ndaoine. Ach i dtosach caithfidh tú an uile chineál bréag dá bhfuil sna leabharthaí a thuigbheáil sa dóigh is go n-aithneoidh tú an fhírinne nuair a chluinfeas tú í. "Léigh m'intinn leabharthaí, ach cad é a chonaic mo shúile, cad é a chuala mo chluasa?"

Níl a fhios agam cén cineál fírinne a chuala Ernest i measc Chlann Phàdraig ar an Àird Ghairbh, ach cibé faoi sin is ann a landáil sé an chéad uair a tháinig sé chun an oileáin, go gairid i ndiaidh do Ruairidh fáil réidh lena chuid eallaigh.

Anois, faoin am ar fhill Kraderson bhí Ruairidh i ndiaidh clú beag éigin a bhaint amach dó féin. Duine den seandream, tá a fhios agat, cé nach raibh sé féin ina sheanduine ó cheart, ar féidir dul chun cainte leo ag iarraidh seanchas na háite a bheachtú. Bhí sé ag léamh i gcónaí, ach bhí sé anois ag déanamh a oiread céanna cainte agus a bhí de léitheoireacht.

Caithfidh sé go raibh sé ag baint sult as an obair – bhí daoine ag cur sonrú ann, cé chomh sásta is a bhí sé seachas mar a bhí sé le fada an lá roimhe.

Bhí daoine ag tosú a theacht chuige ó Dhùn Èideann agus as Éirinn, professors léannta, ag iarraidh go n-inseodh sé a leithéid seo de scéal nó go ndéarfadh sé focail a leithéid siúd d'amhrán. Ní raibh guth maith ceoil ag Ruairidh ar chor ar bith, agus ba é an trua nach raibh, nó bhí cuimhne ag an duine sin a bhí míorúilteach. Amhrán ar bith, agus siúd ceathrú i ndiaidh ceathrún ag taomadh as gan stad.

'Anois, ar léigh tú sin?' a d'fhiafraíodh siad.

'Léigh, agus mé ceithre bliana déag ar a leithéid seo de lá, agus an aimsir fuar gruama – b'éigean dom mo dheartháir beag a chur a luí.'

'Anois, cad é faoin amhrán eile úd – cá háit ar léigh tú sin?'

'Níor léigh mé sin in áit ar bith. Bhí an t-amhrán sin ag Dùghall, deartháir m'athar nach maireann. Chuala mé aige i dtosach é agus mé i mo thachrán beag, agus muid ar an bhealach go bainis tí Chiorstaidh Eachainn Sheonaidh, sna Hann. Is é rud go raibh an fonn ag an láir faoin am a raibh dhá mhíle den ród curtha di. Seo agaibh mar a ghabhadh Dùghall an dá rann deiridh.'

Bhí bean Ruairidh ag tabhairt aire dá mbeirt garpháistí an chéad lá a nocht Kraderson ag an doras. Bhí sí, tá a fhios agat, rud beag searbh faoi ollúna agus folklorists. Seanbhodach as Éirinn a rinne mar sin í: is cosúil gur iarr sé uirthi schottische a dhéanamh leis ar chúl na cruaiche, i ndiaidh dó an uile fricative is locative a shracadh as béal a fir chéile. Chuir Màiri Anna chun an bhaile é agus é cosnocht, ach choinnigh sí na bróga is aige ar eagla go dtiocfadh fonn damhsa air arís. Táthar ag rá go raibh an bodach ag caitheamh amach ar feadh an bhealaigh chun an bhaile, amach ar fhuinneog an Cortina a bhí ag Ailean Ruadh.

Ag cuartú a bhróg a bhí sé, ag cáineadh an uile dhuine. Ní raibh iontu ach sclábhaithe, nach raibh a fhios acu cé a bhí ann, na leabharthaí a bhí scríofa aige. Ní raibh dúchas an oileáin seo a dhath níos fiúntaí ná an clábar. Ní raibh fágtha ach an dríodar. Bhí deireadh lena ré. Clann an diabhail ag coimhéad Crossroads fad is a bhí seisean ag féachaint le rud luachmhar a chaomhnú sula rachadh an whole lot faoin fhód.

Ach is fearr go mór mar a glacadh le Kraderson. Bhí sé an-mhaith chuige sin – cos isteach a fháil i measc daoine. 'Bhfuil a fhios agat, bhí dóigh pas beag socair aige, is bhí sé greannmhar fosta, bhí tabhairt faoi deara ann a thaitin le Ruairidh, fear eile a raibh lúth na teanga ann. Tá mé cinnte go raibh an seanduine maíteach cionn is go raibh aird ag a leithéid de dhuine ar a chuid eolais.

Scéalta ba mhó a bhí de dhíth ar Kraderson. B'éigean iad a insint díreach mar a chualathas i dtosach iad. Ní raibh maith do Ruairidh iad a dhéanamh a dhath níos giorra ná mar ba chóir. Dá fhaide iad is amhlaidh ab fhearr leis iad. Níl a fhios agam ó thalamh an domhain cá háit ar chuala Ruairidh i dtosach iad. Chomh fada is b'eol dom féin, is fada ó shin a d'imigh na scéalta, nuair nach raibh suim ag daoine iontu níos mó.

Go dearfa, dá gcluinfeá a athairsean, Iain òg mac Dhòmhnaill, ag cur trí fhocal in alt a chéile go measartha sciopta, bhuel, b'in an scéal ab fhiú a insint. Gach seans go raibh bean Iain deisbhéalach go maith, ach nár lig sí a rún le cách, níl a fhios agamsa. Ach faoin am a raibh Kraderson ag tadhall ar Thaigh na Baintighearna, bhí na scórtha scéal faoi réir ag Ruairidh. Aici siúd a bhí an teach, bean Ruairidh, Màiri Anna. Chuir deirfiúr a máthar, Ciorstag Bheag, ina hainmse é agus í fós ina girseach bheag scoile; bhí sí chomh doirte sin di, an tseanbhean. Is cosúil go raibh dúil mhór ag Ciorstag Bheag a bheith i gcuideachta na n-uasal, agus is uaidh sin a baisteadh an Baintighearna uirthi, í féin agus a teach beag geal mar a bheadh pálás ann. Tabharfaidh tú faoi deara nach mbíonn muintir Thormoid Bhain – cad é seo an sloinneadh atá orthu, Davidson: that's right, Davidsons atá iontu – Stewart agus Andrew Davidson... go dtí an lá seo féin, ní théann siad de chóir an tí sin ó tugadh don iníon é, Ciorstag Bheag, in áit é teacht chucusan. Taobh a seanathar.

Ach is ag Ruairidh a bhí na scéalta, an dúrud acu. Cibé cén áit a bhfuair sé iad. Agus seo rud eile de. Dá ndéarfá leis gur léigh sé ceann ar bith acu, bhaineadh sé an ceann díot. Fear a bhí chomh tugtha don léitheoireacht fosta, ach dá mbeadh sé de mhisneach agat a chur ina leith gur léigh sé seo nó siúd, chaitheadh sé síos do scornach é: níor léigh sé dubh bán ná riabhach é. Bhí sé díreach mar a chuala sé é tuilleadh agus leathchéad bliain ó shin.

'Nach mar sin a bhí sé ag Iain 'Ain Sheumais – nár chuala aon duine agaibh Mac an t-Seòladair Bhòidhich ag scéalaíocht?'

Creidim nár chuala aon duine ach é féin.

Bhuel, sin mórán mór an leagan amach a bhí ar chúrsaí. Thagadh an Yeainc beag, Kraderson – ní raibh ann ach na cnámha, agus bhí sé claon beag mílítheach. Thagadh sé den bhus nó, minic go leor, d'fhágadh duine éigin é ag ceann bhealach Chleitebheag, agus is ón áit sin a théadh sé trasna a' Mhunnaidh Ghil go sroicheadh sé gob Bàgh Bàthadh nam Mac, agus ní bhíodh le déanamh aige ansin ach gearradh isteach beagán faoin Earball agus bhí sé ag doras Thaigh na Baintighearna.

Sin an bealach ab fhearr leis, agus is é ba ghiorra fá ghiota mór maith...Murach an t-aicearra bheadh air ocht míle a shiúl timpeall Rathad nam Marsanta. Mura mbíodh fíor-dhrochaimsir ann – bhuel ní bhíodh an dara rogha ann an uair sin. Ocht míle a shiúl nó an lá a chur amú. Is iomaí duine a bhíodh ag iarraidh marcaíocht a thabhairt dó. Dhiúltaíodh sé do gach duine acu.

'No, thank you – I prefer the walk.'

D'fheictí uait é ar bharr cnocáin, ina chulaith dhubh – bhuel, seaicéad díonach dubh is denims dubha – is mála beag dubh ina lámh. Is annamh lá nach nochtfadh sé dá mbeadh an bheirt acu ar aon aigne gurb é an béaloideas a bheadh ar siúl acu an lá sin.

Mar sin féin, bhí cuid de na daoine imníoch faoina raibh ag dul ar aghaidh idir Ruairidh is an Yeainc dubh. Bhí beagán buairimh orthu gur dócha go ndéanfadh an fear óg, is gan é ach timpeall deich mbliana is fiche d'aois, an seanfhear a thraochadh is a fhágáil íseal ann féin arís. Agus dá dtabharfadh Ruairidh barraíocht uaidh féin nach fada go mbeadh sé féin bréan de na scéalta agus cad é an mhaith a dhéanfadh sin do dhuine ar bith.

D'insíodh Màiri Anna go mbíodh Kraderson ag iarraidh air an t-aon scéal amháin a insint dhá nó trí huaire, ní fios cén fáth – cé acu a bhí sé ag iarraidh féachaint ar athraigh sé rud ar bith nó ar fhág sé rud ar bith as an athinsint: stuif mar sin. Ach is é rud go ndeachaigh rudaí an bealach eile ar fad, agus go mbíodh Ruairidh ag síoriarraidh ar an Yeainc tuilleadh taifeadta a dhéanamh, tuilleadh oibre a dhéanamh.

Dá dtiocfá ar cuairt ag Ruairidh i ngan fhios dó agus an taifeadadh ar siúl, bhuel ligfeadh sé duit, is dócha, suí sa chúinne gan gíog na míog asat, ach i gceann tamaill, nuair a thosaíodh an chaint is an chaibidil, bhíodh a fhios agat gur mhithid dul chun an bhaile. Ba é an deireadh a bhí air go gcuireadh sé bratach suas, ceann dearg – cúl sean-boilersuit – ag insint don slua go raibh roicéid na cuimhne á loscadh is nár mhaith do dhuine dul róghairid dóibh.

Is cosúil gur inis sé dalladh scéalta don duine sin. Scéalta na Féinne, mar a d'imigh an tseilg ar Fhionn mac Cumhail is mar a d'aimsigh sé arís í. Scéalta sí. Scéalta faoi sheanchas na háite – éachtaí, má b'fhíor, a rinneadh i bhfad ó shin sular mheath na gaiscígh. Tá a fhios agat, bhí gach sórt faoin ghrian aige – agus anuas air sin bhí eolas mór aige ar shloinnteoireacht, cér leis é féin, cé leis a raibh sé muinteartha ar thaobh a athar – Iain òg mac Dhòmhnaill. Taobh a mháthar fosta – is amhlaidh a tháinig siadsan isteach chun an oileáin i dtús na haoise seo caite.

Fuair a sin-seanathair obair i dTac an Droma Rèidh – ag aoireacht, creidim. As na Borders a tháinig sé sin, timpeall ar Hawick. 'Bhfuil a fhios agat, bhítí ag tabhairt daoine isteach chun na háite seo, féachaint leis an fhuil a dhéanamh níos saibhre inár measc. Choinnigh siad a gcuid ainmneacha fosta – Sheila Jackson ab ainm do mháthair Ruairidh 'ic 'Ain Òig sular phós sí féin agus an t-athair.

Ach seo an dóigh ar thosaigh an suarachas. Seo croí na cúise. Ní raibh dúil ar bith ag Kraderson sa seanchas seo, cúrsaí an teaghlaigh, trácht thall is abhus ar shaol na ndaoine a raibh aithne ag Ruairidh orthu ina óige. Ní raibh sé ag iarraidh cluinstin faoi spairn na cosmhuintire i ndeisceart na hAlban, iad faoi leatrom ag na tiarnaí santacha, díreach mar a bhíomar féin. Ní dhéanadh sé gáire ag éisteacht le heachtra ghrinn faoin taisme a bhain do Sheamus Catrìona, an t-uisce ar sileadh leis, an veain i ndiaidh dul isteach sa díog agus gan a dhath roimhe ach géar-chaint Choinnich Bhàin.

'Caithfidh sé go bhfuil borradh millteanach ar mhuir anocht, a bhuachaill.'

Tá a fhios go gcaithfidh tú a bheith eolach ar na daoine lena mionscéalta seanchais a thuigbheáil go hiomlán, ach mar sin féin, even mura mbeifeá eolach orthu, is cinnte go mbainfidh tú brí éigin astu. Níorbh fhéidir le mo dhuine a dhath a dhéanamh leo. B'fhearr leis gan iad a chluinstin riamh. Rudaí cearta amháin a bhí de dhíth air: scéalta móra. Níorbh fhurasta don seanduine a bheith ag síorchuimhneamh orthu sin – ar chinn nár inis sé roimhe atá i gceist agam. Thosaigh an bugger ag troid le Ruairidh is á chosc i lár a sheanchais. Ní hé go raibh a shaol uilig le caitheamh aige ag gabháil don obair seo.

'Ná bac leis an cheann sin a chríochnú – creidim go raibh tú ag trácht ar rud cosúil leis seachtain nó dhó ó shin. Anois, cad é a bhí tú ag rá faoin scéal atá ceangailte le Tobar an Lochlannaich Luim. Cé a bhí ann arís?'

Is í Màiri Anna a thug faoi deara nach raibh cúrsaí chomh sona agus a bhí roimhe. Tháinig athrú ar Ruairidh, ina mhéin, ach níor dhúirt sé faic leis an Yeainc riamh. Dá dtagadh sé, bhíodh fáilte roimhe mar ba ghnách – ach ní bhíodh Kraderson ag teacht chomh minic feasta. Bhíodh leithscéalta á ndéanamh aige go raibh a leithéid seo de rud le déanamh aige, is nach dtiocfadh leis. Dar le Ruairidh go raibh an t-uafás ann nár inis sé dó fós. Tá mé cinnte go raibh fosta.

Cibé ar bith, de réir mar a bhí an t-am ag dul thart, ní raibh Kraderson ag éirí a dhath ní ba mhúinte.

Ar Thanksgiving Day s'acusan, 'bhfuil a fhios agat, d'iarr siad air teacht chun dinnéir – dea-chócaire a bhí i Màiri Anna. Ní raibh sise ag iarraidh go dtiocfadh sé choíche – bhí drochmheas aici ar an strainséir le fada an lá. Bhí sé in am ag Ruairidh a bheith réidh leis. Cad é eile a bhí de dhíth air? Nach dtiocfadh leis imeacht leis a lorg duine eile a bhéarfadh rud éigin dó a mbeadh dúil aige ann? Ach bhí Ruairidh mar a bhí sé riamh. Ní éistfeadh sé le cáineadh gan fianaise. Creidim gur ghlac sé trua dó fosta, agus é chomh fada ar shiúl ón bhaile.

'Bhfuil a fhios agat cad é a thug sé dóibh? 'Bhfuil a fhios agat cad é a thug an strainséir dubh don duine a bhí i ndiaidh a shaol féin agus saol an oileáin seo a chur i gcuntas dó, de lá is d'oíche, ar feadh bliana go leith, nach mór? Dhá channa beorach. Dhá channa Export.

Bhíothas á ndíol ar thrí phunt ar leathdhosaen sa Co-op. Mac an diabhail! Níor ól Ruairidh deoir ón uair nach sé raibh ag coinneáil go maith, sé bliana ó shin, bíodh an Bhliain Úr ann nó ná bíodh. Tá mé ag déanamh go raibh Kraderson i ndiaidh na cannaí eile a ól, nó bhí droch-chuma amach air an oíche sin, a chuid éadaí salach agus gan é féin a bheith nite le roinnt laethanta. Dúirt bean Ruairidh go raibh sé i ndiaidh a bheith ag ól, ach nach raibh sé ólta.

Tugadh a chuid bia dó, go cinnte. Níor dhúirt sé mórán leo agus iad ina suí fán bhord, is ar éigean a d'amharcadh sé sna súile ar Ruairidh. Rinne sé leithscéal le himeacht luath. Dhiúltaigh sé marcaíocht abhaile nó go ceann an bhealaigh. Bhí tóirse leis, bhainfeadh sé an t-Earball amach agus ní bheadh le déanamh aige ansin ach siúl siar tríd an Mhunadh Gheal.

B'in an oíche dheireanach aige i dTaigh na Baintighearna. Ní fhacthas an drochspiorad níos mó. Dúirt iníon le hAlasdair Dhòmhnaill go bhfaca sí fear i gculaith dhubh, gan a dhath ina lámha aige, ag tabhairt aghaidh ar Loch nan Gallan. Ach níorbh fhéidir le lucht an bháid a dheimhniú gur tháinig sé ar bord ariamh.

* * *

Is ag teacht anuas leis an tine a lasadh a bhí sí, maidin Dé Luain i ndiaidh do Kraderson dul as radharc. Níor ghnách le Ruairidh éirí chomh luath lena bhean. Le seachtain nó dhó bhíodh sé ag fanacht níos moille sa leaba – dar léi gurbh í an aimsir gheimhriúil ba chiontach leis.

Is í an scáil a chonaic sí – taobh amuigh den fhuinneog faoi sholas na gealaí. Mar a bheadh géaga ann, ag síordhul i méad agus ag crapadh arís ina dhiaidh sin. Ach ní raibh crainn ar bith fán teach acu. D'imigh an bhean bhocht ag rith, faoi scaoll, féachaint an é... an ndéanfadh? Ach ní raibh tarrtháil i ndán dó. Bhí Ruairidh mac 'Ain Oig ar luascadh ó thaobh go taobh, is dol an rópa rua go teann fá scornach úd an dúchais.

Bhí Ruairidh mac 'Ain Òig 'ic Dhòmhnaill marbh. Sin agaibh, mar sin, mar a d'éirigh dósan.

Duine maith a bhí ann. Duine ceart. Duine feasach. Is trua liom nár casadh orm é.

Bhí m'athair is é féin iontach mór le chéile, é féin agus Ruairidh mac 'Ain Òig. Bhí, leoga.

Excuse me a second.

'Has Miss Stevenson given you pair any homework? Because if she has, I haven't heard much in the way of sums or spelling being practised.'

'We did it all at our friend's house. What an iMac, dad. G24.'

'Which friend is that?'

'Donald MacMillan.'

'Cé?'

'Mac le Raghnall Ruairidh Dhuinn.'

'Ó bhuel, mar sin – is dócha go ndearna.'

Athaithne

Ní raibh Brìd ach beagán mílte ón oileán nuair a bhuail a fón póca. Guth Choinnich a bhí ann, láidir, soiléir mar a bhí riamh, sular slogadh go brách na breithe é i scornach na mbeann.

'And you ok, Ken?'

'Yeah. Cad é mar atá an fear beag?'

'Glan. Ina chodladh go fóill. 'Bhfuil Anna go maith?'

'Níl sí go holc. Just one emergency shower in the Little Chef. Daddy coped. Ach tá mé beagán ar deireadh. Deadlines. Beidh sé timpeall ceathrú i ndiaidh a hocht sula mbainfidh mé teach Mhaighread amach. Ná fanaigí liom. Gabhaigí sibhse chun an óstáin agus níor chóir go mbeinnse rófhada in bhur ndiaidh. Maighread's Mum still up for this, I take it?'

Bhí, ach bhí sé níos gaire don naoi a chlog sular leag sí súil ar Choinneach Scott agus a iníon bheag den chéad uair.

Bhí Coinneach ag insint na fírinne – is amhlaidh a bhí obair le críochnú aige an lá sin – ach is air féin a bhí an locht go raibh sí aige agus nach raibh sé réidh i bhfad roimhe. Bhí traidhfil míonna caite ó socraíodh go gcaithfeadh sé deireadh seachtaine ar an oileán i gcuideachta Bhrìd agus Mhaighread. Go fóill féin, ní raibh Coinneach chomh cinnte is a bhí siadsan gur chóir na páistí a bheith ann. Ní iadsan a bhí ina seanchairde ollscoile. Cad chuige a mbeifí ag súil leosan bheith mór le chéile?

'Anois, cá háit a bhfuil an New Man úd?' arsa Maighread. 'Tá mé cinnte go bhfaca mé fear den sórt ag éalú amach ar an fhuinneog tá tamall gairid ó shin.'

Bíodh sé ina New Man nó ná bíodh, bhí rún ag Coinneach le tamall anuas alt faoi shaol na n-aithreacha a scríobh, mar fhreagra ar fhógrán a foilsíodh ar an *Scotsman* i dtús na bliana. Bhí gach dea-rún aige píosa a chur chucu as a stuaim féin anuraidh, ach níor thosaigh sé air i gceart riamh. Bhí a leithéid d'alt á lorg ag an pháipéar anois agus, mar sin de, chaithfeadh sé rud éigin a dhéanamh. Dhóbair nach ndearna sé faic.

Ba é Dé hAoine an spriocdháta, agus scríobhadh an chuid is mó den alt ar ríomhaire glúine ar thábla na cistine idir a haon is a trí a chlog ar maidin. Chaith sé an chuid eile den oíche ag ransú an tí ag iarraidh a chuid éadaí féin agus stuif Anna a chur le chéile. Ní raibh fonn air iarraidh ar Judith cuidiú leis.

Ba é Coinneach féin a d'fhág an mórshaothar, a raibh cúig dhuilleog ar fad ann, ag oifigí an *Scotsman*, in aice Phálás Holyrood.

Bhí an cosán crochta ó Waverley suas go dtí seanoifigí an pháipéir i ndiaidh an anáil a bhaint de, agus ní go dtí sin a chuimhnigh sé ar an seoladh nua. Agus, mar bharr ar an donas, is ansin a chonaic sé an dá bhotún cló ar an chéad duilleog dá scéal.

Thosaigh Chris, duine d'fhoireann na naíolainne, ag magadh air go míthrócaireach nuair a nocht sé de léim sa chistin ar leath i ndiaidh a dó, agus ní ar a haon a chlog mar a bhí geallta aige. Is cosúil gur bhain Anna bheag an-sult as a lón gan choinne. Leoga, ní raibh cuma uirthi go raibh fonn uirthi imeacht áit ar bith. Turas fada roimpi agus oíche i leaba choimhthíoch sula gcasfaí Lucy agus Calum uirthi, cibé iad féin. Bhí bréagáin go leor aici san áit a raibh sí.

Agus iad ag teacht cóngarach don oileán, timpeall a hocht a chlog, stop Coinneach ag café *tartan* nach raibh sé ann riamh, le clúidín an linbh a athrú. Bhí leithreas na bhfear cáidheach go leor, ach d'éirigh leis an tóin bheag phinc a dhingeadh isteach sa doirteal cúng gan barraíocht streachailte nó caointe. I ndiaidh dó í a thriomú, thug sé clúidín úr amach as an phóca B&Q agus cheangail uirthi faoina veist é. Agus ní bheadh deireadh déanta go gceanglódh sé gach cnaipe ar an chulaith chodlata bhuí a raibh na faoileáin air. Caithfidh sé go raibh cúig chnaipe agus dhá scór ar an chulaith sin, dar leis.

'Diabhal cnaipí' arsa Anna nuair a fiafraíodh di cad é a bhí sí a iarraidh le hól.

'I don't know if we've got that, darlin'.'

Bhí an bhean mhór ag slíocadh cheann an pháiste mar a dhéanfá le capall. 'What about Ribena? Got yer wee birds on, pet. Is they your wee night night doves, darlin'? They're lovely.'

'Chan fhuil!' a scread Anna, agus a cár druidte go docht ar a chéile. 'Mamaí lovely.'

'Ag iarraidh Mamaí,' ar sise sa ghuth céanna nuair a bhí Coinneach ag iarraidh í a chur síos i dteach Mhaighread. 'Anois, a Anna, is é Dadaí atá leat anseo,' a mhínigh sé di, á pógadh agus ag guí go ndúnfadh na súile róbhríomhara.

'Féach anois an gcodlóidh tú néal, a Anna.'

'No ag iarraidh codladh, ag iarraidh Mamaí!'

D'inis Ealasaid, máthair Mhaighread, dóibh gur thug sí cupán bainne di timpeall ceathrú go dtí an deich is nár chuala sí gíog ná míog aisti fad na hoíche. Níor chuala ná iadsan, agus iad ina suan trom go dtí gur éirigh Calum beag, gasúr Bhrìd, i ndiaidh a hocht a chlog.

Bhí an dinnéar sa teach ósta millteanach maith, agus cuireadh i láthair go slachtmhar é. Gach uile cheann de na cúig chúrsa. Bhí leisce ar Mhaighread agus Brìd tosú gan an buachaill báire a bheith ann, agus ní raibh an t-anraith ach leathólta acu faoin am ar tháinig Coinneach.

'Bhuel, seo muid,' ar seisean, i ndiaidh dhá spúnóg mhór de prawn cocktail a shlogadh siar go sultmhar. 'Le chéile arís, in ainneoin na myriad challenges inár saol nua broidiúil. Bhur sláinte.'

'Saol nua broidiúil?' Diabhlaíocht uilig a bhí i mBrìd. 'Sláinte mhaith, a Choinnich. Sláinte, a Mhaighread, a ghrá, agus go raibh maith agat as a dhéanamh cinnte go dtarlódh seo.'

'It's your life, leoga,' arsa Maighread, 'ach cad é faoin bhean bhocht sa teach úd thuas – is fada ó bhí sise ina banaltra ag triúr leanbh. Nach í an tseoid í?'

'Well, actually', arsa Coinneach i nguth baineann, 'is ar éigean atá cuimhne agam ar an uair a bhí Anna ag an stage sin, breá mar a bhí sé. Soon even nappies will be a mere fragrant memory. Tá an iníon s'againne chomh advanced, bíodh a fhios agat.'

'Cas ceirnín do Ealasaid MacDermott, seanmháthair na seachtaine.' Bhí Brìd ag éirí ón tábla, braonta den fhíon geal á ndoirteadh as a gloine mar a bheadh deora ann. 'Agus do Choinneach Eòghainn Mac an Albannaich, a bhí ar an chlár an tseachtain seo caite, agus cuimhnigh, gurb é an t-aon fhear in Albain a bhfuil boobs cearta air.'

Chuimhnigh Coinneach ar chomhrá a bhí aige le Brìd díreach roinnt seachtainí sular rugadh Calum. Ise í féin a bhí le é a bheathú, is cuma cad é an chomhairle a chuirfeadh a máthair agus a deirfiúracha uirthi. Níor chuala sé riamh cad é mar a d'éirigh léi. Tríd an chomhrá, nocht cuimhne ó am eile, tamall roimhe sin, nuair a tháinig Brìd ar cuairt acu in North Berwick. Bhí sí féin agus Judith ina suí le chéile go sócúil ar an tolg mór a raibh bláthanna earraigh greanta air. Bhí Anna sé mhí ar an saol faoin am seo, agus í ag scairteadh in aird a cinn, ar chúis éigin. Nuair a thug Judith an chíoch di, d'éirigh Brìd agus d'imigh amach as an tseomra i ndiaidh bomaite nó dhó.

'Sláinte mhór, a Bhrìd,' ar seisean. Ach ní raibh a gháire agus an méid a dúradh ag teacht le chéile ar chor ar bith.

Chualathas an-chuid scéalta thart fán tábla an oíche sin. Cuid acu a bhí ar eolas ag Coinneach cheana féin, mar bhain siad le daoine a raibh aithne acu uilig orthu. Ba chuma sin, nó b'fhiú an uile athinsint. Bhí sé de bhua ag Brìd, agus ag Maighread go háirithe, casadh nó ruball a chur san insint a d'fhágfadh na daoine iontu chomh greannmhar nó chomh truacánta sin is go mbeifeá ar bís le deireadh an scéil a chluinstin.

Rud nua a d'fhoghlaim Coinneach go raibh Maighread i ndiaidh casadh le fear as an Ghearastan, Kevin an t-ainm a bhí air, uair nó dhó le mí anuas. Ba i ngan fhios d'Alasdair agus dá máthair é sin. Bhí Kevin ag obair san áit, ag cóiriú na seanscoile, ach bhí tréimhse an chonartha beagnach istigh.

D'inis sí féin dóibh go raibh Calmac i ndiaidh Alasdair a aistriú go dtí an *Isle of Arran* idir Ceann na Creige agus Ìle. Is annamh a thagadh sé ag amharc ar Lucy cibé ar bith, fiú nuair a bhí sé ag obair níos gaire dóibh. Ní ligfeadh Maighread dó an iníon a thabhairt leis in am ar bith anois. De réir cosúlachta, ní raibh gearán rómhór á dhéanamh ag Alasdair faoin méid sin.

Bhí gearáin go leor le déanamh ag Brìd, áfach. Chuir iompar Alasdair déistin uirthi agus ní mó ná sásta a bhí sí faoin leagan amach a bhí ar a cuid oibre féin. Bhí sí i ndiaidh filleadh ar Ninewells, go páirtaimseartha, nuair a bhí Calum ceithre mhí d'aois, ach bhí siad ag iarraidh tuilleadh uaireanta oibre a bhrú uirthi nuair nach raibh go leor daoine san fhoireann a bhí oilte ar chúram seandaoine.

'Cad é an mhaith dom sin a dhéanamh? Cur amú ama a bheadh ann. Ní dhéanfaidh siad ach tuilleadh Bank Nurses a chaitheamh chugam. Agus cad é a dhéanfainn leo sin, óinseacha gan feidhm i dteach gan chiall.

'Cad é a deir Iain ?' Thug Maighread súil ar Choinneach, i ngan fhios di féin, shílfeá. Ach ní i ngan fhios dósan.

'Dheamhan mórán ar bith, a Mhaighread. Tá sé á fhágáil agam féin.'

'Bíonn sé gnóthach, tá mé cinnte.' Bhí Coinneach ag iarraidh coinneáil céim ar chéim lena chairde mná. Ach bhí an comhrá róghasta agus róshleamhain dó.

'Yeah. Bíonn Iain gnóthach. Iain's always really busy.' Níor chuir Bríd a dhath leis an méid sin.

'Agus cén dóigh atá ar Judith, a Choinnich? Is fada an lá ó chuir sí scairt orm. Anois, sin bean ghnóthach duit.' Bhí Maighread i gcónaí geanúil ar bhean Choinnich. Leoga, is ar éigean a bhíodh faill aige ar fhocal a rá nuair a bhíodh an bheirt bhan le chéile. Go fóill féin, bhí iontas ar Choinneach cé chomh mór le chéile is a bhí siad.

'Tá sí go breá! Dammit, dúirt mé léi go gcuirfinn scairt uirthi ó do theachsa.'

'It's only eleven o'clock, Ken.' Bhí uaireadóir mór ildaite á chaitheamh ag Bríd. 'Ní bheidh sí sa bhaile go fóill i ndiaidh oíche mhór a bheith aici sa phub. Ní chaithfidh sí éirí go luath amárach, agus más duine nádúrtha ar chor ar bith atá inti, bíodh geall go mbainfidh sí sult as an tsaoirse.'

'Doubt it, Brìd. She's got a workshop in the Borders all this weekend.'

'Tai Chi?' Bhí malaí Bhrìd tógtha in airde aici. Ró-ard.

'No, Yoga. Fancy moving into the bar? I am dying for a pionta mór Guinness.'

Gan fanacht le freagra, d'ól sé a raibh fágtha sa ghloine agus d'fhág an tábla.

'An measann tú go bhfuil sé ok, a Mhaighread? Nach é an gasúr beag pusach.' Bhí Brìd ag folmhú an bhuidéil eatarthu.

'Bhí lá fada aige – Cad é seo a bhí sé ag rá, go raibh sé ag obair ar rud éigin go dtí a dó ar maidin agus gur cuireadh moill air ansin ag imeacht as Dùn Eideann, agus caithfidh sé aire a thabhairt don leanbh fosta.'

'Agus nach mar sin a bhíonn sé agatsa i rith an ama, agus agam féin go breá minic? Tá Coinneach ag déanamh go han-mhaith, cosúil leis an chuid is mó de na fir, in ainneoin … ní déarfaidh mé níos mó.'

'Ní hé sin is gnách leat, a Bhrìd, m'éadáil,' arsa Maighread ag fáscadh a cara ina lámha, mar a rinne sí go minic roimhe. 'Nach tú a d'éirigh sibhialta i do sheanaois, lady!'

Agus chuaigh Brìd a chogaint, mar dhea, ar mhuineál Mhaighread.

* * *

Lá arna mhárach, agus cloigeann gach duine acu ar crochadh ar éigean den cholainn ar leis é, thosaigh callán na mochmhaidine. Is i gcloigeann Bhrìd, mar ba dhual, a bhí an cuntas ba chruinne ar imeachtaí na hoíche aréir.

Maighread ba mhó agus ba bhreátha a chan; sé amhrán ghalánta i gcoinne trí cinn ag Brìd agus an dá cheann a chan Coinneach bocht. Bhuel, b'éigean do dhuine de chlann Dhòmhnaill Dhuibh, Pansaidh, críoch mar is ceart a chur ar 'Fiollagan' dó, ach is fearr do chairde a bheith fial ná a bheith sprionlaithe ag cuntas na nithe seo.

Ba í 'Brìd na mbuidéal' ba mhó a d'ól; cheannaigh Murdo Raisins Jack Daniels mór di, gan cur ina comhairle, nuair a bhí sí ina seasamh ag fanacht le cor deochanna. Bhí lá ann agus bheadh sí breá sásta an spás idir a chár tosaigh agus a chár cúil a thomhas le barr a teanga féin, ach bhí cuma an seanduine i ndiaidh teacht ar Mhurchadh breá. Bíodh sin mar atá, níor chúis ar bith é sin le deoch a dhiúltú.

Ba é Ken, the sensitive boy, a sháraigh na mná ó thaobh cacamas cainte de. Agus bhí sé chomh crua orthusan fosta. Ag tabhairt achan ainm faoin spéir orthu. Bhí sé ag cur thairis go tréan ar nós gur á chosaint féin a bhí sé, i dtaobh 'the need to differentiate clearly between active love duties and theoretical love duties'. Cad é seo a dúirt Maighread:

'Tá aghaidh ar an ghasúr sin a rachadh trí bhladhairí tine.'

'Get out your pit, Scott. You're not a wee student now, boyo. You've got parental responsibilities to abdicate!'

Bhí Brìd ina seasamh os cionn an mhála chodlata agus Anna bheag leathnocht ina hucht.

'An bhfuil a fhios agat seo, a Anna? An bhfeiceann tú an cnap feola atá i bhfolach ansin thíos? Bhuel, sin d'athair. Agus ní iarrfadh sé de phléisiúr anois ach an poo a scríobadh ó do dhrárs agus na faoileáin bheaga bhochta a chur ar maos ar uisce.'

'Ah, faoileán beag bocht; feoil maith, ag iarraidh feoil,' arsa an bhean bheag agus í ag lí chluas chlé a hathar tríd an mhála codlata.

'Oh, no, don't tell me. An ndearna tú poo i do chlúidín, a thaisce?'

'Ní dhearna!'

'Moncaí beag slítheánta atá ionat! She was supposed to be in on the gag, Ken. Been on 'The Kenny Scott Mornings Masterclass', I'd say. Creid seo nó ná creid, ach tháinig an banphrionsa beag gléasta seo isteach chugamsa agus, quite the thing, dúirt sí go raibh sí ag iarraidh poo a dhéanamh sa leithreas, is shín sí a lámh chugam. Dadaí, arsa mise go húdarásach, bhéarfaidh Dadaí leis thú.

"Ó, ní thabharfaidh," ar sise, "Dadaí ina chodladh mór mór." Ach rinne sí scoth gnoithe, nach ndearna, a Anna?'

'An ndearna tusa poo sa leithreas, a Anna?' a chogair Coinneach go ceanúil lena iníon, i ndiaidh do Bhríd an doras a dhúnadh.

'Rinne,' ar sise go maíteach, 'le Bríd!'

Thug sé an bhean bheag isteach sa mhála codlata, á fáscadh go teann lena bhrollach. Dhún sé a shúile arís, féachaint an bhfaigheadh sé athspléachadh ar cholpa nó orlach craicinn ar chúl muiníl. Bhí cumhracht na mná fós gan an seomra a thréigean, ach bhí sí á síormhúchadh ag boladh milis an chailín bhig, agus a béal ag sleamhnú óna shrón go dtí a bhéalsan.

* * *

'Cad é faoi Dhia a chuir do mháthair sa mhála dúinn, a Mhaighread. Tá mé fós lán ón bhricfeasta sin.'

Bhí siad i ndiaidh an Tràigh Shiar a bhaint amach – Coinneach, Brìd, Maighread, Anna, Calum agus Lucy. Chuaigh siad ar foscadh faoi chreig mhór, áit a dtagadh Maighread i gcónaí agus í ina cailín óg. Bhí sí siúd anois ag cuartú cupáin istigh ina mála.

'Bonnóg nó dhó, go díreach. Tá a fhios agat féin, a Bhríd. Rud beag a choinneos an t-ocras uainn go bhfaighimid dinnéar mór marfach uaithi anocht. 'Nois, a Choinnich, cad é ab fhearr leat: scóna mór le subh nó le cáis. Nach n-íosfaidh tú an dá chuid, a stór, sula gcaillfear ar fad thú?'

'Coinneach óg 's é ag fás…' a thosaigh Bríd.

'Just stop working on me, you nasty wee bruinnill mhánla. You're spoiling all this magic serenity.'

'Agus stad thusa ag iarraidh gaineamh a chaitheamh ar Anna, a Chaluim Bhig', a scairt Bríd lena ghiolla bán diabhalta, beag beann ar achaíní Choinnich.

'Anois, tá sliogán breá aici – lig di é a chur le do chluas go gcluine tú fuaim na mara.'

'Fum,' arsa Calum.

'Fuaim! Is é! Tá an ceart agat. Iontach maith, a Chaluim, nach tú an gasúr breá!'

'A Anna, faigh greim láimhe ar Chalum le go bhfanfaidh sé ina sheasamh – an taobh eile, a thaisce, tiontaigh an sliogán an taobh eile, a Anna. Fan, taispeánfaidh mé duit é.'

Níor chuir ceacht an tsliogáin nó serenity Choinnich Lucy bheag chóir dá codladh ar chor ar bith. Choinnigh sí a ceann beag i bhfolach i mbroinn an papoose, a bhí fós istigh i seaicéad a máthar. Agus ba shultmhar an t-amhrán a bhí á chrónán ag a coim is ag a croí.

'Star atá i do mháthair, a Mhaighread!' Bhí Coinneach ag sracadh velcro agus ag croitheadh grabhróga aráin. 'Tá mé cinnte go mbeadh dúil aici i nDùn Eideann. Seo, tabharfaimid Business Class Return di ar Highland

Scottish, cupán tae agus digestive nuair a bhainfeas sí an áit amach, an rud céanna roimh imeacht abhaile di. Abair uair amháin in aghaidh na míosa – ní iarrfaimid a dhath eile uirthi. Nach mbeadh sin réasúnta go leor? Agus ar a shon sin uilig ní bheadh le déanamh aici ach an bia a réiteach dúinn agus oíche amháin babysitting. What a deal. Tá sí chomh maith leis an bhean bheag fosta. Ní obair a bheadh ann di.'

'Uair sa mhí? Rud beag barraíocht, measaim.' Chuir Maighread a lámha ar ais le droim a linbh bhig. 'Tá mo mháthair ceart go leor ar a dóigh féin. Níl a dhath is fearr léi ná fuadar de shórt éigin. Ach… Tá drochscéal agam duit, a Choinnich. Dea-scéal duitse, a Bhríd!'

Scairt Maighread a scéal go láidir in aghaidh na gaoithe, ach níor chuala Bríd siolla ar bith de, nó bhí sí féin, Calum agus Anna fad ar shiúl ag tomhas na dtonn: 'Coinneach atá ag déanamh an dinnéir anocht!'

Bhí faire le bheith ann an oíche sin. Seanbhean as a' Cheann a Tuath a raibh aithne mhaith ag máthair Mhaighread uirthi. Bhí fuineadh agus gnóthaí eile le déanamh ag Ealasaid sa bhreis ar obair a tí féin. Bhí sí le himeacht ar maidin, chomh luath is a gheobhadh sí réidh leis an crowd a bhí ag Maighread.

Chas Maighread leis an bhean a cailleadh, Màiri Uisdein, ach níorbh í a máthair a thug ann í, ach Alasadair. Bhí seisean muinteartha don bhean bhocht agus bhí sé ag iarraidh go gcasfaí Maighread léi nuair a gealladh dá chéile iad i dtosach.

Ach ar feadh an chuid eile den tráthnóna sin ar an Tràigh Shiar – fad is a bhí na páistí á socrú, á suaimhniú agus á mbeathú; clúidíní á n-athrú agus á salú le gráinníní glice gainimh: gach sliogán is iontaí ná a chéile á lorg agus á mhionscrúdú; caisleáin á ndaingniú le droichid scian mara agus bratacha cleite – thriall na tonnta mora, buille ar bhuille, níos giorra don tír, gur bhain an triúr dea-chairde a mbuille snasta féin amach.

Bhí lámh mhaith ag Coinneach ar bhia a réiteach. Agus iad ina mic léinn, is é ba mhinice a smaoiníodh ar chuireadh chun dinnéir a thabhairt. Dá mba é Dé Sathairn a bheadh ann, chaitheadh sé fad an tráthnóna á ullmhú i sean T-léine agus shorts, nó fiú níos measa.

Uaireanta, thagadh ochtar aíonna ocracha go hárasán mór a athar, ach, go han-mhinic, ní bhíodh ann ach é féin, Maighread agus Brìd. Thug sé dinnéar nó dhó do Bhrìd ina haonar – iasc geal ar anlann líomóide agus meala, profiteroles nár itheadh riamh – ach is iomaí bliain a bhí imithe thart ón uair sin.

'Amach as sin, a Chaluim, níl mé ag rá go bhfuil tu ag iarraidh oinniún a thriail díreach anois, millfidh sé an sú ort. Anna, an dtabharfaidh tu Calum beag amach as an chistin? Ar thaispeáin tú an bhábóg dhubh dó go fóill?'

'Bhfuil a fhios agat, bíonn mo mháthair fós ag tabhairt golliwogs orthu sin, agus ar dhaoine dubha, uaireanta. Nach bhfuil sin millteanach?' Bhí Maighread ag cur ceithre bhuidéal ghlana isteach sa steriliser.

'Gránna, a déarfainnse. Nach sibh atá neamh-PhC sa Chnoc Àrd. Cibé ar bith, folt dubh atá uirthi, a Mhaighread. An bhábóg dhubh. Tusa atá chomh líofa fosta – bhuel, bhuel.'

Bhíodh fonn ar Choinneach uaireanta póg mhór a thabhairt do Mhaighread. Bhí bua éigin aici ba dhoiligh dó a chur i bhfocail. Ach choinnigh sé a smaointe aige féin, arís eile.

'Mmm, an boladh atá air sin. Tá feabhas tagtha ar do chuid scrambled eggs, a ógánaigh óig. 'Bhfuil tú de chóir a bheith réidh – níl ann ach go raibh mé ag smaoineamh ar sherry a thairiscint don Bhean Uasal Nic an Aba, a bhí chomh foighdeach leis na páistí an tráthnóna ar fad.'

'Tabhair di an buidéal,' arsa Coinneach go grod, ag doirteadh lán gloine den fhíon dearg isteach sa phota. 'Beimid inár suí ag ithe suipéir ar leath i ndiaidh a seacht. Ok? Ach is féidir an mhuintir bheaga a bheathú agus a chur a luí am ar bith. Tá an searbhónta réidh agus tá an t-anraith i ndiaidh fuarú.'

Má bhí fein ní ghlacfadh Calum oiread agus spúnóg amháin de, bhí sé mar a bheadh glas righin ar a bhéal. Ní ghlacfadh Anna ach beagán, agus í róghafa ag brú a spúnóige féin ar an fhear bheag – ghlac sí cuid mhór dá buidéal agus seacht spúnóg den rís mhín gheal.

Go míorúilteach, bhí na páistí uilig ina luí, murab ionann agus ina gcodladh, tamall beag i ndiaidh ceathrú go dtí a seacht.

'What a man,' arsa Brìd. 'Can you pour me just another quarter of a bowl of Tom Yam, Ken. It's so yammy, haa haaa. Bomaite amháin, haa haaa haaaa.'

Chluinfeá sa chistin í, agus í fós ar crith le gáire, ag iarraidh Calum a shocrú thuas staighre.

Ach bhí Tom Yam Choinnich chomh maith le brot ar bith a rinne sé dóibh ariamh, agus is iad a d'fháiltigh roimhe, an chearc mhilis ar charn glasraí a bhí ealaíonta amach is amach. Lig Brìd brúcht mór aisti agus í ag iarraidh an dinnéar a mholadh ar bhealach a thaitneodh le Coinneach. Is beag nár thit sí i laige ón racht gáire a rinne sí, agus bhí sruth deora le súile Mhaighread.

Bhí an mhilseog níos simplí. Torthaí úra le huachtar is iógart Gréagach. Bhí a fhios ag Maighread na rudaí a bheadh de dhíth ar an masterchef agus cad é ba chóir di a rá leis fosta.

'Perfect, a Choinnich. Duine as míle thú, a bhuachaill. Nífidh mise na soithí anocht. Ligfidh mé duitse triomú. Ar m'fhocal, tá sé tuillte agat. Anois, tabhair leat do ghloine isteach sa living room i gcuideachta Big Bridget McNab, go ndéanfaidh mé beagán percolation. Féadfaidh an bheirt agaibhse bhur rogha rud a dhéanamh.'

'Meas tú go bhféadfaidh?' a d'fhiafraigh Bríd, agus í ag amharc trí chuid CDs Mhaighread. Bhí súile Choinnich sáite in *West Highland Free Press* na seachtaine sin.

'Caithfidh sé go bhfuil rud éigin níos fearr ná Simply Red agat, a Mhaighread?' a scairt sí. 'Cuimhnigh, bhí deich mbliana ann ar thug siad na nineties orthu. Ach, a Thiarna, is dócha nach bhfuil. Inis dom anois. An fhírinne atá de dhíth orm, a lady. Clár na fírinne. Cé a cheannaigh *My Shoes Keep Walking Back to You*? Ná bac do bhréaga beaga dubha. Ní bhíonn do mháthair ar cuairt anseo chomh minic sin ar fad. Accommodating the babysitter, my arse. Is duine de lucht adhartha Daniel O'Donnell thú, faoi choim, agus seo do chlóiséad beag.'

Ní raibh faill ag Maighread í féin a chosaint thar ghuth óg Mick Hucknall, ná ní raibh faill ag Bríd tuilleadh tarcaisne a chaitheamh léi. Bhí an fhuaim chomh hard agus ab fhéidir, ní raibh le déanamh ach cnaipe nó dhó a bhualadh ar an ghléas agus b'in an banna ag líonadh an tseomra suí lena gceol.

Thiontaigh Bríd ar a sáil i dtreo Choinnich. D'éirigh seisean ina sheasamh, chorn an páipéar go deifreach agus glac ina dhá lámh é.

'Holding back the years,' a chan sé go léanmhar isteach sa mhicreafón, 'Thinking of the fear I've had so long.' Dhamhsaigh sé céim shábháilte nó dhó leis an cheol, ag dul ina treo. 'Holding back the tears, Brìd. ... wasted all those years.'

Is é Alasdair a thug CD Daniel O'Donnell do Mhaighread, ach níorbh fhéidir léi siúd na deora a chosc, í ina suí léi féin sa chistin ag feitheamh leis an chaife fiuchadh ar feadh síoraíochta.

Aingle gan Sciathán

Tá Donna (22) ina suí ar an leaba i mbarda na máithreacha úra in Ospidéal Rottenrow i nGlaschú. Rugadh a híníon óg mí roimh a hionú, le linn uaireanta beaga na maidine sin. Níor éirigh le Cailean Ruairidh an t-ospidéal a bhaint amach in am. Tá Donna i ndiaidh deich lá a chaitheamh ann, i ndiaidh go ndeachaigh a brú fola in airde. Tá an bhean bheag go han-mhaith ach, cúpla nóiméad ó shin, thug na banaltraí leo í le haghaidh tástálacha fola is a leithéid.

Tagann Cailean Ruairidh isteach agus lán na lámh de bhláthanna aige is beag nach gceileann a aghaidh. Tá sé ag cur allais.

CAILEAN RUAIRIDH	What a maze this place is, Donna!
DONNA	Shhhhh, a Chailein *(caitheann sí súil thart timpeall uirthi)*, tá feairín na mná móire úd thall díreach i ndiaidh titim ina chodladh. Tá an mhaidin caite aici ag streachailt leis. Ná bí ag amharc uirthi, beidh sí ag déanamh gur pervert atá ionat! B'éigean dóibh emergency section a thabhairt di ag deireadh an lae, thosaigh na decceleratiOns ag éirí níos mó agus níos minice.
CAILEAN RUAIRIDH	Aidhe, aidhe.
DONNA	Tá créacht ghránna aici síos a bolg uilig. Ní chuirfeadh sé a dhath i gcuimhne duit ach eh... líne na drárs. Tá cuma horrible air.

CAILEAN RUAIRIDH	Bhuel, is maith an rud nach raibh acu lena dhath mar sin a dhéanamh ortsa. Cá bhfuil an bhean bheag cibé?
DONNA	Cuir na bláthanna síos ar an chathaoir ansin. They're lovely, Cailean Ruairidh! Ach chomh cosúil leatsa is atá an bábaí! Ach chím m'athair inti fosta, an dóigh a mbíonn sí ag coimhéad ort. Tá a fhios agat, an dóigh a ndruideann m'athair na súile corruair sula dtéann sé a bhleaisteáil ort.
CAILEAN RUAIRIDH	Tá súil agam go mbeidh sé tamall sula mbeidh m'iníon féin ag bleaisteáil orm mar a bhíonn d'athair. Ach cá háit sa diabhal a bhfuil sí?
DONNA	Thug bean de na battleaxes ar shiúl í fá choinne tests. Bhí siad buartha faoina cuid fola, barraíocht siúcra nó rud éigin, agus tá siad ag iarraidh a dhéanamh cinnte nach bhfuil jaundice uirthi.
CAILEAN RUAIRIDH	Bhí mo mháthair ag rá go mbíonn an galar buí coitianta go leor i ndiaidh lá nó dhó, go háirithe má tá an leanbh á bheathú go nádúrtha.
DONNA	Go nádúrtha? Ná tosaigh tusa! Ná ise! Bean nár chuir aon duine agaibhse fá mhíle dá cíocha.
CAILEAN RUAIRIDH	Cad é mar a bheadh a fhios agatsa sin?
DONNA	She's not the type.
CAILEAN RUAIRIDH	Ach sin ráite, níl tú féin...

DONNA	Sin ráite, tá mé ag tabhairt an start céanna do Nicole is a thug mé do Ryan, le bainne go leor agus grá mo chroí, agus sin é. Eisean an fear is mó sa rang inniu, nach é? Bean óg atá ionam, a Chailein, agus ní seanbhó.
CAILEAN RUAIRIDH	Shhhh, tá sí sin ag coimhéad. Úth breá uirthise, cibé scéal é.
DONNA	Cad é?
	Féach, tá sé galánta, an buachaill beag. Callum a thug siad air – tá a fhios agat, leis an dá 'l'. Tá siad ina gcónaí in Bearsden. Bíonn Merc á thiomáint aigesean, Douglas. Chonaic mé an píosa plaisteach a bhfuil na heochracha ceangailte de. Glór breá Albanach aige. Tá cuma sean go maith air ina dhiaidh sin. Ceathracha a cúig ar scor ar bith. Ach bíonn sé chomh attentive don fhear beag, tógann sé é, agus bíonn sé ag súgradh leis agus ...
CAILEAN RUAIRIDH	Cá bhfios duit nach bhfuil ann ach rud a cheangail sé de na heochracha agus nach Merc atá ann ar chor ar bith?
DONNA	Ní ligfeadh sé a leas!
CAILEAN RUAIRIDH	Shíl mise gur Nicole nó Marion na hainmneacha a bhí roghnaithe againn, agus go rabhamar le cinneadh a dhéanamh i ndiaidh di...
DONNA	Tháinig m'iníon bheag bhreá amach asam ag scréacháil NICOLE liom. Agus an bhfuil a fhios

agat seo, a Cailein Ruairidh, ní raibh aon duine anseo a raibh a mhalairt d'ainm aige.

CAILEAN RUAIRIDH   Tháinig mé chomh luath is a thiocfadh liom.

DONNA   Smaoinigh air: 'Hello, is mise Ryan agus seo mo dheirfiúr bheag...eh...Mòrag!' Agus is maith atá a fhios agat cad é an chéad cheist a bheadh in intinn daoine!

CAILEAN RUAIRIDH   Marion a dúirt mé, agus ní Mòrag. Is leor Mòrag amháin sa teaghlach.

DONNA   Precisely! Agus deich mbomaite sa teach aici sin agus is é 'Mòrag bheag iníon Mhurchaidh' an t-ainm a bheadh ag Granny Mòrag ar an iníon *is agamsa*.

CAILEAN RUAIRIDH   Nach é a d'éirigh bog, Murchadh bocht.

DONNA   An bhfuair tú an magazine agus na smokes a d'iarr mé ort?

CAILEAN RUAIRIDH   Fuair, fuair.

DONNA   Tá siopa maith acu san airport, nach bhfuil? Bíonn rudaí deasa ann?

CAILEAN RUAIRIDH   Tá a fhios agam. Bíonn leoga.

DONNA   Nach ann a fuair tú iad?

CAILEAN RUAIRIDH   Cad é? Ní hea. Fuair mé in áit eile iad.

DONNA   Cén áit eile? An é nach raibh tú san airport?

CAILEAN RUAIRIDH	Cad é?
DONNA	Chuala tú mé. Cad é mar a tháinig tú amach?
CAILEAN RUAIRIDH	Tá a fhios agat nach maith liom planes.
DONNA	Mar sin, is ar bhád a tháinig tú. Ní inniu ná inné. Arú inné?
CAILEAN RUAIRIDH	Dé Luain.
DONNA	Monday. How fucking charming. No wonder I never got to speak to Ryan. You better have a bloody good explanation. And if it's anything to do with U2 or football, you're finished. And where has my son been all this time?
CAILEAN RUAIRIDH	Shhhhh. Bhí mo mháthair breá sásta cuidiú. Tá a fhios agat go bhfuil sí féin agus an seanduine iontach ceanúil air.
DONNA	*(ag aithris ar mháthair Chailein)* Díreach mar ba linn féin é...
CAILEAN RUAIRIDH	Is leor sin!
DONNA	Ní ligfinn leis an... I want to scream! Give me the cigs sula gcuireann siad faoi ghlas arís mé sa phríosún seo. Tabhair dom na cigarettes, a Chailein.
CAILEAN RUAIRIDH	Ní chreidim nach dtig leat fanacht bomaite, Donna.

Tagann banaltra óg thapa isteach agus an babaí beag lena hucht.

BANALTRA
                    And this, I presume, is Marion's proud father. Nothing wrong with this beautiful baby. All she needs is Mummy and Daddy's undivided attention. Is that not right, Toots?

Teachtaireacht Samhraidh

An gcluin tú an fhuaim chreathnach úd, nó an bhfuil sí ag cur aon iarracht eagla ort? An gcluin tú an 'Ní-nó, ní-nó' a thosaigh fá Shráid Bheithe is a bhain buaic amach ag Barraid MhicGumaraid, an áit ba ghaire dom féin, sula ndeachaigh sé amach de ruathar i dtreo an M8, ag súil le dul díreach chun an Western?

Murach gur éag an fear a leonadh le scian, ní bheadh a mháthair ag brath ar ghasúr soineanta an scéal léanmhar a insint di. Is iad na daoine móra aibí, dream a bhlais den saol, a bhéarfas greim ar lámh chreathach na mná agus a chiúnós í.

Beidh na héidí uaine, agus bonnán an otharchairr, ag cur in iúl don chréatúr bocht, agus do bhean a mic fosta, má bhí bean aige, go ndearna siad a ndícheall dó. Ní raibh neart air. Ní bheidh eagla orthu i láthair an bháis agus bhéarfaidh fuadar an turais agus driopás na Roinne Éigeandála faoiseamh éigin dóibh.

Níl agamsa ach rothar agus a chlog righin le meirg. Tá an lá go brothallach in Uibhist, coimhthíoch, mífholláin. Mo bhéal á spalladh aige.

An ghaoth a scréach go hard inné agus a chuir sclátaí á suaitheadh, tá sí i ndiaidh síothlú ar neamhní inniu. In áit an ionsaí a thug dúshlán ghloine na bhfuinneog ar feadh dhá lá, tá sáimhe dhiamhair ann agus teas neamhghnách.

Tá an teileagram i mo phóca, an ceann deis. An áit ar sháigh Bean Sheumais Eòghainn go gruama é cúig bhomaite ó shin. B'fhearr i bhfad liom dá mbeadh sé níos troime le go mbraithfinn is go dtuigfinn a thromchúis.

Is maith atá a fhios agam nach bhféadfainn na hocht míle sin a chur díom ar dhroim rothair inné. Bhí sé rófhiáin agus ní bheadh an nuacht sábháilte i mbroinn an phóca seo, nach rachadh snáithe nó dhó amú air.

Ach is dócha, dá mbeinn ag rith in éadan an bhalla ghaoithe, go ndéanfaí cloch mhór chráite den teachtaireacht i mo lámh. Ar an dóigh sin, bheinn inchurtha le gasúraí an otharchairr, bheadh bonnán láidir an nádúir ag séideadh is ag tabhairt rabhaidh di-se, agus bheinnse i ndiaidh cuid den doilíos a bhlaiseadh.

'Beir seo leat chuig Peigi Aonghais, an bhfuil tú éisteacht? Táimid díreach i ndiaidh é a fháil. Ná léigh é agus ná téigh ar seachrán. An dtuigeann tú mé, a Nìll?'

Bhí teannas i bhfocail Bhean Sheumais Eòghainn nach mbíodh ina cuid cainte de ghnáth. Amhail is nach raibh muinín aici asamsa nó aisti féin ach go gcaithfeadh sí féachaint le cinnteacht a chur ar fáil ar dhóigh éigin. Mise sa bhaile arís ar feadh an tsamhraidh, mo chraiceann dearg ó loscadh na gréine. Bhí liathacht ár gcuid tenements agus na haghaidheanna mílítheacha a choinnítear faoi ghlas ina lár imithe amach as mo chuimhne le roinnt seachtainí.

Ach cad chuige mise?

In aois mo naoi mbliana, agus gan mé a bheith de bhunadh na háite ó cheart, ní déarfainn gur mise an té ba fhóirsteanaí le scéal báis a mic a thabhairt dá mháthair. Is go fonnmhar a d'insínn scéalta faoi bháid ar cuireadh moill orthu nó gur bhain Eachann nó Dòmhnall na bailte móra amach gan tubaist. Ach níl mé ag déanamh gur chóir domsa a bheith a dhéanamh seo.

'Ná bí i bhfad leis, a Nìll, tabhair di an teileagram agus fill ar do rothar.'

Ní liomsa an rothar. Is le Seamus Eòghainn é, ach ligtear dom dul suas air a dhroim cionn is nach bhfuil ceann agam féin in Uibhist. Tá fráma mór dubh air ach níl barra trasna ar bith air. Bhí sé mar a bheadh a fhios ag an seanduine lách le fada go dtiocfadh na scoilteacha air.

Tá an diallait leathair mór cearnach. Má d'éirigh sé bog faoi Sheumas Eòghainn sna laethanta ba ghnóthaí a bhíodh sé, tá sé i ndiaidh cruachan arís. Is cuma liomsa sin, nó níor chuir mé mo thóin air riamh go dtí seo, agus tá ag teip orm i mbliana fosta.

Gan amhras, thug Bean Sheumais Eòghainn agus Màiri Eachainn, a bhí cairdiúil le Peigi Aonghais, cuidiú mór don bhaintreach sna míonna beaga i ndiaidh do Sheonaidh bás a fháil. Ní thiocfadh leo a bheith níos cineálta di. Ach chonacthas domsa, agus chítear dom go fóill, go ndearna siad í a thréigean an tráthnóna tais sin. Bhí siad chomh meata sin agus gurbh éigean dóibh an chéad insint a fhágáil faoi dhíol trua beag as Pàislig. Agus ba shuarach an ní í, an insint sin.

Tá mé anois ag dúnadh an gheata a dheighleann Oifig an Phoist ón bhealach mhíchothrom a ritheann ó cheann deas go ceann thuaidh an oileáin, a cheanglaíonn an t-Iochdar agus Poll a' Charra agus gasraí Dhalabroig le muintir Stadhlaigearraidh, a bhí riamh ina bhaile saor.

Tá mé i ndiaidh an rothar a chur romham agus tá mé i mo sheasamh anois ag ceann an chlaí, ag deireadh chuid talaimh Eòghainn. Chím cruth na mná poist ag an fhuinneog mhór ar chúl oifig an phoist. Tá a cúl aici liom agus tá a toirt ag líonadh na gloine le patrúin dhearga. Ní féidir nach mbraitheann sí mo bhuaireamh agus mé i mo sheasamh anseo mar a bheadh staic ann. Nach dtuigeann sí cé chomh deacair atá sé seo dom?

Nuair a chluinfeas sí trup na dtroitheán, fillfidh sí gan aithreachas, is dócha, ar an chúlchistin bheag agus tosóidh a ghiollacht carthanachta don bhean trua.

Tugaim m'aghaidh ó dheas, mo shúile ag féachaint ar chlé ag lorg Chorghadail agus na Beinne Mòire lena thaobh. Tá a mullach faoi cheo ach tá a fhios agam gur réidh a thiocfadh leo na néalta éadroma sin a theilgean uathu dá mba mhian leo.

Thógfadh siad a gceann agus bhronnfadh goirme úr ar an aer glas. Inné, bhí siad ina sclábhaithe ag uachtaráin uaibhreacha na haimsire, inniu tá siad ina leisceoirí, ar nós is cuma cé acu gluaiseacht nó gan gluaiseacht.

Tá an troitheán faoi mo chos chlé ag dul níos fearr ná an ceann eile. Agus an ceann sin ag dul timpeall, cluintear díoscán ard díreach sula sroicheann sé an roth tosaigh. Laethanta eile, éiríonn liom mé féin a chailleadh i gceol míbhinn an rothair agus mé ag dul trí locháin dhoimhne is tanaí. Inniu, áfach, cluinim gach uile fhuaim, nó ní scoireann mo chluasa de bheith ag éisteacht leo.

Dia ár sábháil, tá sé te! Ach dá mbainfinn díom mo sheaicéad, is cinnte go ngabhfadh fuacht damanta m'ucht. Rachadh mo léine a dhamhsa mar bhratach ar mo cholainn.

Tá na bailte agus an machaire ar mo lámh dheas, siar ón áit a bhfuil mise ag dul. Tá siad ag teacht chucu féin i ndiaidh na tuargana a fuair siad le laethanta beaga anuas. Tá cuma chomh ceansa orthu is nár léir do dhuine an obair mhór atá á déanamh le iad a chóiriú.

Chím dréimire sínte go mullach tí Ruairidh Iain, áit a bhfuil trí bhearna sa díon a bhí gan cháim. Is cinnte go bhfuil seisean ag cur snasa ar na paistí is fearr a dhéanfas slán arís é.

Siúd teach beag tuí Mhàiri Anna ar a chromada ar chúl tí Ruairidh. Tá faoiseamh aige anois ach ní fhéadann sé a bheith ró-mhórchúiseach ar eagla go gcaillfidh sé a cheann.

Níl i bhfad le gabháil agam – siúd Loch Dobhràin a ndeachaigh mé thart air, nach é? Tá breacadh nóiníní thart timpeall air ar nós patrúin ar chiumhais phláta.

Tá mé fá mhíle ó cheann ród Staoinibrig, ach caithfidh mé stad, mar chím cruth ag gluaiseacht go místuama i ndíog an róid. Pilibín míog atá ann agus í i ngreim an bháis. Tá an fhuil ina rith fána mhuineál cam agus tá a heagla the gheal scaoilte ar feadh an fhraoich aici. Nár mhuirneach a sealgaire, a theagmhaigh chomh foirfe sin le féith a scornaí?

Ach cad chuige ar theith namhaid an éin seo uirthi? Nár chóir obair mhaith a thabhairt go críoch? Cad é an luaíocht atá le gnóthú ar an éigean leibideach seo? Seo mé ag machnamh ar chumhacht agus ar údarás agus mé ag gabháil isteach go baile Staoinibrig.

Go dearfa, is ag an mharfóir atá na roghanna uilig. Déarfainn go mbeadh an t-éan marbh sula bhfaighinn radharc ar theach na mná bige. Níl smacht ag an truán air sin.

Tá mo chroí anois ag preabadh go trom, de bhuille tapa rialta. Tógann sé mo chliabhrach agus teannann sé na féitheoga ó chúl mo mhuiníl síos go lár mo dhroma. Níl ach dhá theach le gabháil tharstu sula sroichfidh mé an geata atá thart fá fhiche slat ó theach Pheigí Aonghais.

Ní raibh mé riamh chomh fada seo le teileagram, cé gur thug mé cuairt ar chairde anseo anuraidh i gcuideachta mo mháthar. Nach raibh Peigi Aonghais í féin i dteach mo sheanathar i dtús an tsamhraidh agus dúirt mé léi go dtiocfainn a fhéachaint uirthi sula n-imeoinn.

Tá mé ag an doras agus tá clár m'éadain nimhneach ó bheith ag sciúradh an allais de le muinchillí mo sheaicéid. Tá mothú aisteach i mo cholpaí agus mé ag iarraidh teacht anuas ón rothar is siúl chun an tí.

Tá an doras íseal agus tá an dath donn air i ndiaidh éirí míshlachtmhar. I gceann bliana, déarfainn, beidh orm mo chloigeann a chromadh. Má thagaim ar ais anseo choíche.

'A Pheigi, an bhfuil tú ansin?'

Ní fhaighim freagra ar mo cheist nuair a théim isteach faoi fhraitheacha an tí. Tá an seomra breá te, prátaí ar fiuchadh os cionn tine craosaí.

Tá mo shúile ag imeacht a lorg pictiúir dá mac Seonaidh. Aithním gan dua é, mar is é an t-aon ghrianghraf atá aici é. Tá éide Ghaelach air agus tá sé ina sheasamh go fearúil ar an driosúr taobh le clog stadta.

'Tusa atá ann, a thaisce – tháinig tú mar a gheall tú. Bhí mé ar shiúl ag iarraidh uisce – íosfaidh tú greim bia, nach n-íosfaidh, a Nìll?'

Tá sí ina seasamh sa doras, ar dhóigh nach dtig liom dul thairsti.

Tá mo lámha ag ransú mo phócaí – an ceann contráilte, an ceann ceart, an ceann contráilte, an ceann ceart. Tá an teileagram fós istigh i gceann acu. Níor thóg aon duine an t-ualach seo díom.

Tugaim an píosa páipéir amach as a fholachas te agus siúlaim i dtreo Pheigi, i dtreo an dorais.

'Bean Sheumais…D'iarr sí orm…seo…'

Seo mé ag rith thar an bhean chruinn bhriste seo, faoi dhéin an tsolais, an dú-náire do mo chrá.

66

Tá a súile ag líonadh is ní fhulaingeoinn amharc ar na claiseanna atá á dtreabhadh ina héadain ghealgháireach. Ní fhéadfainn inniu.

Tá an lá níos fearr amuigh agus tá an rothar níos luaithe. Níl an crá sin idir mo chosa níos mó. Éalóidh mé as seo, mise a bhfuil spionnadh ann. Spionnadh a thugann orm iarracht níos déine a dhéanamh, agus trup i bhfad níos airde a bhaint as an diabhal rothair seo.

A haon mhac, a haon mhac, a haon mhac.

Ealaín na Fulaingthe

A Dhia láidir! Chuaigh an ceann sin go smior mo dhroma, agus bhain an ghaoth go grod as mo scamhóga. Tá buille sotalach eile i ndiaidh log a thochailt i mo ghiall, agus tá mo bháltaí beaga neamhchiontacha á ndúbhatráil aige.

'Mac an Diabhail, Mac an Diabhail Mhóir atá ionat!' agus, le fírinne, sin mar a bhí Ailean sna míonna deireanacha sular imigh sé uainn. Sular cuireadh iallach air a bheith ina fhear.

Is dócha go n-admhódh an Dallag sin, fiú inniu: go raibh cearr air, nach raibh ann ach breallán gan chéill. Chuireadh sí ina choinne agus ligeadh sí uirthi ar feadh tamaill go raibh trua aici domsa.

Is ea, sin a dhéanfadh deirfiúr mo sheanmháthar dá mb'fhéidir léi, ach ní féidir léi a dhath a dhéanamh. Tá codladh trom uirthi agus tá a saol dubh á chaitheamh i ndomhan samhalta a cuid aislingí. Tá sé trí lá anois ó d'éirigh sí. De réir cosúlachta níl lá iomrá aici air. Mar sin féin, níor chuala mé a dhath fá rud ar bith a dhéanamh léi. Tá an seanduine amuigh i ndiaidh caorach, mar is gnách. Tá mé féin agus mo dhearthair istigh is muid i ngleic a chéile. Tá rudaí ag dul ar aghaidh mar is gnách, mar sin, ach tá gach rud réidh le teacht chun críche.

'Nach suarach do bhoidín beag, a thaisce,' a deir Ailean. 'M'anam nár mhiste dó braon beag a ól, go bhfásfaidh sé suas go deas. Má fhaighimse greim ort, a fhir bhig!'

Tá Ailean i ndiaidh an taephota mór dubh a thabhairt ón sorn agus tá sé aige ina lámh dheas, os mo chionn. Tá sé ag iarraidh mo bhríste a oscailt lena lámh chlé. Tá a ghlúin do mo choinneáil leis an urlár salach, díreach mar a choinneodh cat an luchóg faoina bhois.

'Tá an t-am agat fás suas, a Sheumais, a chroí – tá tú millteanach mall.'

'A mhic na sean…'

Tá cic ó mo chos chlé i ndiaidh an pota a theilgean as a lámh agus é a chur ag imeacht i dtreo an bhalla thiubh. Imíonn an clár ón chabhail agus doirtear an leacht patuar ar mhullach na beirte againn. Géaraíonn seo ar an achrann ar feadh bomaite agus ansin, gan rabhadh, éiríonn Ailean díom, croitheann sé an dusta dá éadach agus suíonn sé i gcathaoir an tseanduine.

Chím gáire ag scoilteadh a éadain. An raibh a fhios aige go cinnte nach raibh uisce beirithe sa phota? Meas tú an raibh, nó an é gur chuma leis fá mé a dhó? Tógann sé an páipéar, cuireann sé spéaclaí air féin.

Dar le hAilean go bhfuil an t-achrann beag thart anois. Chloígh sé mé agus féadaim a bheith buíoch nach bhfuair mé greadadh ní ba mheasa. Tá an teach suaimhneach arís, amach ó shrann dhian na caillí. 'Anois,' a deir sé d'osna mhórchúiseach, 'cá huair a fhillfeas m'athair?'

Tá an taephota ina luí agus a bhéal faoi, idir mise agus eisean, in aice leis an driosúr. Chí an bheirt againn é. Níl cuma ar bith air go bhféadfadh sé a bheith contúirteach. Tá sé i ndiaidh a raibh ina chorp a dhoirteadh amach, agus tá sé ag teacht chuige féin go socair.

Ach tá clár an phota i bhfolach taobh thiar díom. Gheobhainn greim air gan dua ar bith, bhí mé cinnte de sin. Tá mé in ann an faobhar géar a shlíocadh le mo mhéara.

Chomh fada is a bhaineann sé liomsa, níl an t-achrann seo thart go fóill. Is cosúil nach ionann an lá inniu agus laetha eile. Seo mo lá-sa.

Tá rud amháin cinnte. Tá mé ag iarraidh é a ghortú. Le fírinne, is mian liom é a leonadh sa dóigh is go gcuimhneoidh sé orm go brách agus go bhfeicfidh cách nach maith an mhaise dóibh a bheith ag fonóid fúmsa níos mó.

Ní hé go bhfuil mo dhearthháir chomh dathúil sin uilig, ach dá mbeadh lot timpeall sé orlach ó chluas go béal air, déarfá é a bheith gránna amach is amach. Tá aistear deich míle idir teach seo na mbocht agus teach an dochtúra. Mílte fada siúil dá mbíodh d'éadan réabtha as a chéile.

Beidh air cuimhneamh ar an doilíos mór seo, agus sin é an uair a thuigfeadh sé mo chumas-sa. Chosnóinn féinluach le haon bhuille amháin, dá dtabharfainn dó mar is ceart é.

Ní i bhfad eile a bheas daoine ag déanamh neamhairde díom. Cad é mar a dhéanfadh siad neamhaird díom nuair a chífidh siad éadan scáfar an duine ainmniúil sin, Ailean mac Dhòmhnaill Iain.

'A dhearthháir Seumas a rinne é – ní raibh sé ach thart fá cheithre bliana déag san am… Bhuel, bhuel, ní ba thréine ná mar a shílfeá!'

'Nach ndéanfaidh tú trócaire orm?'

An Dallag a bhí ann, agus í ag casaoid a cruacháis. Tá contúirt éigin ag bagairt uirthise fosta sa saol eile úd, a saol diamhair féin. Cá bhfios nach duine dá dream féin is cúis leis? Bhí sí go breá go dtí anuraidh, bhí sí sin, agus tá sí ag cailleadh go mór i mbliana. Ní fhéadfainn a rá go mbraithfidh mé uaim í, an tseanchailleach, nuair a imeos sí. Ní séanta go bhfuair sí aois mhaith.

Ní fhaca sí faic ó dhún comhla ghlas a súl faoi dheireadh deich mbliana ó shin. Agus cad é an saol a bhí i ndán dúinne i ndiaidh do mo mháthair imeacht ar bhád gan filleadh? Gan mise a bheith níos mó ná dhá bhliain d'aois agus sé bliana ag Ailean.

Ní chuirfeadh sé iontas ar bith orm dá bhfaighinn amach go raibh deirfiúr nó dearthár eile againn a loisceadh ina bheatha, nó a cailleadh ina pháiste, fad is a bhí cailleach na leisce ag míogarnach faoina héadaí troma.

Go dtí seo, ní bhíodh bodhaire ag cur as di, ach amháin dá mbíodh uirthi rud a chluinstin in aghaidh Ailein. Ach sna trí bliana a d'imigh thart ní raibh orainn tiontú ar an teanga eile le scéalta a choinneáil uaithi.

'Níl a fhios agam cad é atá sibh ag rá. Agus bhí an éisteacht riamh chomh maith sin agamsa, nó chaithfeadh sí a bheith.' Ní thiocfadh an méid sin a shéanadh.

'B'fhearr duit dul isteach chuig an chailleach,' a deir Ailean ó chúl an pháipéir, 'agus boiseog uisce a thabhairt di.'

'Is tusa an buachaill bán aici, a Ailein – ní dhéanfaidh sí ach iarraidh ormsa tusa a fháil di.'

'Abair léi go bhfuil mé amuigh.'

'Gabh thusa isteach chuici!' tá mise ag scairteach leis, barr an taephota i mo lámh, eisean gan cor a chur de, sáite sa ráiméis a bhí sa pháipéar.

'Gabh thusa isteach chuici anois,' a deirim de scread, mé ag tarraingt an pháipéir uaidh, agus a chuid scéalta gan tábhacht, ag tabhairt uaidh gach cumhachta agus coimirce nach sealbhóidh sé feasta gan dúshlán.

Tá a leicne mín agus folláin, níor polladh le heasláinte iad mar a polladh mo chuidse, ná níor milleadh iad le lámh a bhí aineolach ar rásúr.

Is cinnte gurb iad is mó a thaitníonn leis na girseacha, agus a thugann orthu a bheith ceanúil air, ag ligean dó a bheith dána, gan amhras; é féin a bheathú ar theaspach a mianta.

Is orthu sin atá mé ag amas, is orthu a bhéarfaidh mé bua, is sna páirceanna réidhe áille sin a threabhfas mé m'iomaire cam. Scríob. Déan scríob, a Sheumais!

Tá mo ghléas troda éadrom, seolta, mé féin deaslámhach tréan, gan oiread is braon allais ag teacht eadrainn, muid fuaite le chéile mar iomad uair roimhe.

Tá a éadan óg dathúil ag tiontú inár dtreo, ag druidim linn go deonach, ag lorg na béime a bheidh marthanach, an gáire fós beo.

Tagann feoil agus iarainn le chéile in aon bhall amháin san achadh tartmhar.

'Má théann tusa isteach chuici,' tá mé ag guí air de chogar cinnte, 'beidh sí in ann cabhair a thabhairt duit, beidh sí in ann do chréachta a ghlanadh lena deora.'

Tá an fhuil ghránna ag scairdeadh gan sos as craiceann Ailein, ach níl sé féin i ndiaidh cor a chur de. Tá sé ina shuí díreach mar a bhí sé, go socair, ionann is go raibh an páipéar nuachta ina lámh go fóill. An raibh sé ag fanacht go dtabharfainn dó é, go gcríochnódh sé an scéal a bhí á léamh aige.

Tá linn fola ag líonadh faoina shála is ag éirí go barr a bhróg.

'B'fhearr duitse dul isteach chuici,' tá sé ag rá de ghuth fann, 'agus ansin an dochtúir a fháil domsa. Tá sé i dteach Thormoid Bhig.'

Tá mé ag teitheadh ón teach an méid atá i mo chorp trí mhoing is trí mhóinteach, mo chroí i mo bhéal, an cath curtha, an gaisce i ndiaidh mo thréigean. Níl fágtha ach mé féin.

Tá mé ag teitheadh arís ón phríosún ghránna in Inbhir Nis, trí fhoirgnimh is tithe fuara nár chuidigh liom. Codladh trom orm le taobh na habhann tráthnóna samhraidh, mo bhaill á reo faoi leoraí i lár an gheimhridh. Níl fágtha ach mé féin.

Tá mé tar éis filleadh ar an teach agus tá an seanduine ina shuí ina chathaoir féin, éadan rocach, slán gan ghearradh. Tá sé ag amharc orm mar ba ghnách le hAilean. Ní deir sé faic. Tá an t-urlár ina chosair chró faoi mo chos, tá na ballaí péinteáilte le radhairc as Ifreann. Líonn scáthanna na lampaí iad, ag síoriarraidh iad a mhealladh is a bhlaiseadh. Ach níl iomrá ar bith ar Ailean, agus ní chluintear srann na Dallaig níos mó.

Tá siad ag cur ceisteanna orm nach bhfuil freagraí agam orthu. Péas i mo theach féin is boladh móna ar a éadach is ar a anáil. Dochtúirí is altraí ag imeacht, boladh sópa ar a lámha, boladh géar glan ar a n-éidí geala.

Tá a cheann ina lámha ag an seanduine anois is chím deoir ag brúchtadh ina shúile den chéad uair riamh. Tá siad ag sileadh go fras ar a leicne. Tá beagán trua agam dó, mar ní thig leis iad a chosc is tá sin ina chúis mhór náire dó os comhair an phéas. Níl a fhios agam cad é ba chóir dom a dhéanamh. Beir an péas greim ar chúl mo mhuiníl orm, ag iarraidh an scéal seo a chur ina cheart, agus caitear amach san oíche bhuan mé.

Fiafraíonn bean bhreá díom, lá, faoi ghnéas agus faoi mhí-úsáid ghnéasach agus cad é mar a mhothaímse faoi sin agus an féidir go raibh an dara ceann acu i dtreis le linn laethanta m'óige. An raibh cuimhne agam riamh ar dhuine mé a thógáil le linn dom a bheith i mo pháiste agus mé a mhuirniú? Cá huair a stop sin, is cad chuige?

An bhfuil mé ag iarraidh cuid de na mothúcháin seo a léiriú i bpictiúirí? Tá go breá. Cá háit a bhfuil mise? Sin mise faoin bhord taobh leis an mhadadh caorach. Sin cathaoir an tseanduine agus eisean agus Ailean ina suí inti le chéile.

Sin an Dallag sa leaba – níl an chuma uirthi go n-éireoidh sí inniu ar chor ar bith.

Sin m'fhearg, ina suí sa chathaoir fholamh ag taobh eile an bhoird, tá sí ag argóint agus ag fáil an ceann is fearr ar an bheirt eile. Thiocfadh liom éirí ón urlár, mar ní madadh mé, bainim le Clann Ádhaimh, agus seo é mo bhaile. Is é rud go bhfuil gean dlite dom.

Ach sin m'eagla, fós i bhfolach faoin bhord agus í greamaithe díom, ní scarann sí liom, nó is í a chaithfeas mé a choinneáil faoin bhord in ainneoin líofacht m'fheirge. Is í atá ag déanamh madaidh díom.

Caitheann siad píosa feola chuici, beir m'eagla air lena fhiacla agus déanann cogaint mhaith air sula síneann sí chugamsa an chnámh.

Agus sin m'aoibhneas: chí tú é i mbád mór ag seoladh thar sáile, saor ó pháistí agus ó uaigneas, tá sé dóighiúil agus tá hata mór leathan ar a cheann. Tá muintir an bháid ag tabhairt aire dó, ag déanamh cinnte go bhfuil sé compordach, nó tuigeann siad an cruachás ina raibh sé. Cé nach dteithfeadh óna leithéid sin?

Sin m'aithreachas, agus tá sé ag iarraidh seoladh in éineacht le m'aoibhneas, ach ní féidir insint dó cá huair a bheidh sé ag seoladh. Caithfidh sé filleadh abhaile ar an teach úd, caithfidh sé fanacht ansin ar feadh dosaen blianta eile sula ndéanfar é a fhuascailt agus a chur faoi ghlas arís.

Donnchadh MacGillIosa

An Tocasaid

Ní bhíodh Tormod riamh ag iarraidh mórán uilig de chodladh. Níorbh fhear leapa a bhí ann riamh, ní ar an dóigh sin ar scor ar bith.

D'éiríodh sé amach le bánú an lae. Sula réabadh an chéad choileach brat na hoíche le dalbacht gutha, bhíodh Tormod i ndiaidh bos a chur le héadan. Trí huaire an chloig, nó ceithre cinn – dhéanadh sin cúis dó. Tá daoine mar sin ann. Agus, murach sin, cad é mar a thiocfadh le Tormod oiread a chur i gcrích agus a chuir?

Nuair a scríobh sé a chéad leabhar, *The Social Life of the Starling,* agus é timpeall dhá bhliain déag d'aois, níor dhún sé na súile, de réir Choinnich, ar feadh trí oíche. Léadh an leabhar ar an Third Programme agus mise ag rá leat go raibh ráchairt air i Sasana.

Sin an t-airgead lenar thóg sé an teach.

'Sin an mhochéirí a fhágann mise gan feidhm,' arsa an máistir scoile le 'Ain Tuirc. Bhí sé ironical go maith leis an mháistir scoile, nuair a chuimhníodh sé gurb é seo an Tormod céanna a bhí ag briseadh na gcos chun na scoile agus gan é ach trí bliana d'aois. Agus a bhí ina dhiaidh sin chomh dearmadach, seachránach, ciotach sa dóigh is go raibh a uncail Coinneach agus a bhean Eirig, agus Morrison an máistir scoile agus Doileag a' Phluic a bhí i bhfeighil na naíonán – go raibh na daoine sin curtha go deireadh na foighde leis and a shade beyond.

Níorbh iontas ar bith iad a bheith trína chéile, is go raibh na focail ag teip orthu. Go mbíodh siad bán le tuirse, geal le cuthach, tostach gan siolla astu.

Ach fuair siad thart air le himeacht aimsire, go sármhaith. Mar a chuaigh na míonna thart, is na blianta le céim níos tapúla ná sin, thuig siad cé a bhí acu. D'aithin siad gurb é a bhí i dTormod ná phenomenon. Gasúr a tógadh san fhraoch ghorm chumhra amuigh i bhfad i lár mhóinteach Nis. I gcorp an mheán lae ar cheann de na laethanta ab fhaide den bhliain.

Gasúr a bhí ann ar baisteadh go leor ainmneacha air ag éirí aníos dó, agus ar tugadh an uile chineál ruda air ina lá. Tormod Beag. Tormod Beag 's againne, Tormod Noraidh, Norman MacLeod One in contradistinction to Norman MacLeod Two, alias Tormod Nell, mac Thormoid 'Ain Tuirc, an donas beag úd, bastard na bitsí úd, an gasúr craiceáilte, an dólás úd de dhuine, an bligeard cruthanta, a mhic an oilc, a mhic an diabhail, m'éadáil agus anuas air sin, the man himself, College Boy, Guga, a Thormoid a thaisce, an Leòdhasach mallaithe, yon big teuchter, Desperate Dan, Plum MacDuff, that Scotch git, you great big fucking Paddy, my own dear darling, the Body, the Brain, sweetie-pie, Prof, Dead-Eye Dick, honey, Leg-over Len, Mac, wherefore art thou Romeo, Come-again Charlie – agus de bharr orthu sin uile, quintessentially and perennially, an Tocasaid, agus Tocasaid 'Ain Tuirc.

Nuair a bhí sé ina ghiotachán gasúir, nár ghlac sé fancy don tocasaid* mhór a bhí buailte le cúl an tí ag fear a dtugtaí Sport air. Bhí giota de dhréimire curtha le cruach i lár na hiothlainne, agus bhíodh sé á tharraingt amach agus ag dul suas go barr air. Bhíodh sé ag gliúcaíocht is ag gardáil os cionn na tocasaid, a bhíodh uaireanta leathlíonta le huisce agus uaireanta eile ag cur thar bruach.

Anois b'fhíor-dhrochdhréimire liobarnach é seo agus níl ann ach go seasfadh sé le taca cruach coirce. Ach dul suas le béal tocasaid, a bhí chomh cam is chomh cruinn is chomh crua is chomh sleamhain, rud eile ar fad a bhí ansin.

D'amharcadh sé síos i mbolg na tocasaid, is mura ndruideadh sé an solas air féin, d'fheiceadh sé paiste den spéir, agus na néalta ag dul rompu.

D'fheicfeadh sé na réaltóga ag spraoi thíos sa bharaille mhór. Dhúisíodh sé an Mac-Alla. Eisean nach mbíonn mórán le rá aige linn, ach mar a thugaimid dó.

Bhíodh Tormod ag friotháil na tocasaid, is ag luascadh agus ag longadán os a cionn. Is ag béicíl síos inti, is ag cromadh a chinn le go mbeadh radharc níos fearr aige. Fad is a bhí a chomhaoisigh ag diúl a n-ordóg is ag tarraingt ar naprún a máthar.

Idir dhá chith bháistí, ritheadh sé amach is dhreapadh sé suas chun an fhara. Chuireadh sé sonrú san uisce ag doirteadh as an phíob is ag imeacht de mhonabhar síos an bairille. D'amharcadh sé ar bhraon agus é ag dealú le béalóg an phíb. Mar a bhuaileadh sé síos i mbolg na tocasaid le fuaim bhinn. D'imigh an dréimire uaidh. Buaileadh smitín faoina ghiall; agus thit sé i gceartlár na tocasaid.

Míorúilt a bhí ann nár bádh é. Bhí Sport ag dul thart idir an teach agus an áit a raibh an seol aige. Chuala sé an cliotar cleatar.

'Mo chorp ón Diabhal!' a scairt sé.

Thóg sé an gasúr as an bhairille. Steall as, crith air, is é chomh fliuch is chomh sleamhain le cú foghlaera.

'Tá, níor imigh tú uainn, níor cailleadh thú…' Bhí sé á fháscadh is á mhuirniú is á phógadh is é ina rith isteach go lár an tí.

* * *

'Cá bhfuil fear na tocasaid?' a d'fhiafraíodh daoine.

Ghreamaigh an t-ainm sin den ghasúr, is an gasúr den ainm, go dtí nach raibh idirdhealú eatarthu. Ghreamaigh an t-ainm de mar a théann cnádáin in achrann i gclúmh na gcaorach.

Torc a shin-seanathair. 'Ain Tuirc a sheanathair. Noraidh 'Ain Tuirc a athair. A cailleadh sa chogadh. *H.M.S. Forfar.* Amuigh ar an duibheagán, taobh thall de Rockall. Torpedo. Torpedo eile. Tháinig dream aisti. Níor tháinig seisean.

Tá tuilleadh le hinsint faoi éachtaí na Tocasaid. Fad is a bheas faill chomhrá ag daoine, beidh iomrá air.

I Nis, mar ar rugadh is ar tógadh é, beidh cuimhne air fad is a bheas ruball ar an choileach, agus gog is cíor ann.

Na Bróga Donna

Is iomaí scéal a d'inis a sheanmháthair don Tocasaid, agus is iomaí seanchas a chuala sé aici nár chuala sé ag duine riamh ach aici féin. Scéalta dea-inste a bhí iontu, gach uile cheann agus a thús agus a dheireadh de réir a chéile, agus iad chomh bríomhar ina lár agus a d'iarrfá iad a bheith, agus chomh blasta le cnó gallda.

Ba é an cineál mná a bhí inti nach raibh ag taobhú barraíocht le heaglais ar bith. Ní raibh eagla uirthi roimh mhinistir agus má bhí eagla uirthi roimh ifreann tartmhar na bpian níor chualathas riamh go raibh nó nach raibh.

'Cad é a tharla ansin?' a deireadh Tormod lena sheanmháthair i lár na haithrise, nuair a thagadh traoitheadh san insint.

'Mo chreachsa, a chréatúr, cad é an mhaith duit a bheith ag fiafraí díomsa?'

Agus leanadh bean Iain Tuirc uirthi ag scéalaíocht, a guth ag éirí ní ba cheolmhaire ná riamh agus a corp ar luascadh.

Bhí prionsa ann tráth agus is é an Sgeilbheag an t-ainm a bhí air, agus cad é a tharla an lá seo ach go bhfuair sé péire nua bróg – bróga donna nach ndeachaigh mórán thar chaol a choise. Lá amháin, cad é a chonaic sé as ruball a shúl ach na bróga donna ag damhsa leo féin. Níor luaithe a d'amharcadh sé orthu ná go stopadh siad. Ach bhíodh sé fós ag cluinstin trup na mbróg agus iad ag damhsa ar an urlár agus dúirt sé leo, 'Ar aghaidh libh, bígí ag damhsa.'

'Ó ní dhéanfaimidne damhsa duit mura mian linn féin,' arsa na bróga.

'Níor chuala mise riamh bróga ag comhrá,' arsa an Sgeilbheag, 'go dtí an lá inniu.'

'Ach thug tú faoi deara go bhfuil teangacha ionainn?' arsa na bróga.

'Bhuel...thug...' arsa an prionsa.

'Anois maidir le tomhas de, ní fios go fóill an bhfuilimid ag freagairt dá chéile, muidne agus tusa,' arsa na bróga donna, agus shiúil siad thart air agus stop os a chomhair amach.

'Tá sibh do m'fhreagairt go han-mhaith' arsa an Sgeilbheag.

'So far, so good,' arsa na bróga.

'Tagaigí isteach chuig m'athair,' arsa an Sgeilbheag, 'go dtaispeána mé dó na bróga míorúilteacha atá agamsa.'

'Gabh thusa isteach chuig d'athair más mian leat, ach ní fheicfidh seisean muidne ag damhsa choíche. Is ní rithfidh is ní léimfimid ach mar a thograímid féin.'

'Cad chuige?'

'Sin an tuige.'

'Tá,' arsa an Sgeilbheag, 'is prionsa mise – níl aon duine clainne ag m'athair ach mé féin – agus caithfidh mé le habhainn sibh más mian liom. Gheobhaidh mé bróga eile, agus ní bheidh mé i bhfad leis – bróga móra, bróga arda, bróga dubha, bróga tairní, bróga gan tairní.'

'Déan do chomhairle féin,' arsa na bróga, agus b'in iad balbh, suaimhneach. Níor ghluais siad ná níor chorraigh siad.

Thosaigh an Sgeilbheag ag éamh agus ag glaoch, agus, faoi dheireadh, chaith sé na bróga donna le balla le tréan feirge nuair nach raibh siad á fhreagairt, ach sin a raibh ar a shon aige, óir níor bheoigh na bróga fad trí lá agus oíche.

Théadh sé a fhad leo agus deireadh, 'Ar aghaidh libh, bígí ag caint; ar aghaidh libh, gluaisigí; ar aghaidh libh, freagraígí.'

Las corraí faoi dheireadh i gcroí an phrionsa, agus d'imigh sé agus na bróga aige, le iad a chaitheamh i mullach na tine. Chaith sé i mullach na tine ansin iad, ach ghabh aithreachas go grod é agus tharraing sé amach ar urlár an teallaigh iad leis an mhaide briste agus na drithleoga thart orthu uilig go léir.

'Ó, caith muid ó thuaidh agus caith muid ó dheas, ach ní dhéanfaimidne toil aon duine ach ár dtoil féin,' arsa na bróga donna de ghuth sámh. 'Mill muid nó meall muid ach ní ghlacfaimid do chomhairle choíche. Scar muid agus aistrigh ó chéile céad uair muid, ach ní ghéillfimid duit féin ná don rí. Agus fiú dá scairtfeá in aird do chinn, agus fiú dá mbodhrófá an baile le do bhúireach, agus fiú dá ligfeá fead a dhúiseodh Mac-Alla atá ina chodladh sa charraig, agus cé go ndéanfá baintreach faoi dhó dínn, ní rachaimidne aon chéim dár slí duit.'

Nuair a chuala an Sgeilbheag na gealltanais agus na rabhaidh, ó a ghrá ort, d'aithin sé...ó, d'aithin sé nach raibh maith ann...agus bhuail tuirse é agus shuigh sé síos ar an urlár san áit a raibh sé, agus ní raibh gíog ná míog as.

'Beimidne ag imeacht linn amach as seo an tseachtain seo chugainn,' arsa na bróga donna, 'agus ba mhaith linn dá mbeifeá linn.'

'Agus shíl mé gur liomsa sibh,' arsa an prionsa.

'Is ea, is ní hea,' ar siadsan.

'Níl fonn rómhór orm imeacht as seo,' arsa an buachaill, 'agus cibé ar bith, ní ligfeadh m'athair dom.'

'Ó bhuel...' arsa na bróga leis.

'Agus bhrisfeadh sé croí mo mháthar.'

'Gan amhras,' ar siadsan agus, i ndiaidh tamaill, d'imigh siad leo féin. Shiúil siad amach trí gheata mór an chaisleáin agus an Sgeilbheag ag sodar ina ndiaidh.

Ó, ní raibh an Sgeilbheag i bhfách le himeacht riamh. Nach raibh gach uile rud aige san áit a raibh sé: eacha faoi úmacha óir is airgid, siamsa is greann i measc ógra na tíre agus teagascóirí a lorg a athair dó a bhfaigheadh sé dea-fhoghlaim uathu.

Ach anois, agus é ag amharc ó dheas, bhí sé i bhfách le himeacht ar nós na n-éan, agus filleadh nuair ba mhithid.

'Ní imeoidh, ná do chos,' arsa an rí, i ndiaidh dó rún a chroí a fhiosrú. 'Agus má théann tú ar thuras gairid, tabharfaidh tú saighdiúir nó beirt leat mar dhíon cosanta a thabharfas chun an bhaile slán sábháilte thú.'

'Ní fhóirfeadh sin,' arsa an prionsa, is é ag cuimhneamh ar na bróga donna, nach gceadódh d'aon duine ach dósan baint dóibh.

'Tá, tabharfaidh tú leat an t-each.'

'Ní fhóirfeadh sin,' arsa an prionsa. 'Imeoidh mé liom féin agus fillfidh mé bliain ón lá anóirthear, agus ní fiú duit mo bhacadh – imeoidh mé de do dheoin nó de d'ainneoin.' Bhain sé de an fonsa óir a bhí ar a cheann.

'Más mar sin atá,' arsa an rí, 'tá mo bheannachtaí go léir agat. Beidh tú i m'urnaí go bhfillfidh tú.' Leag an rí trí bhonn óir ar bhois a mhic agus d'fhág an Sgeilbheag an caisleán ina dhiaidh.

Ní raibh siad rófhada ar an tslí nuair a chonaic siad fear ag teacht ina sheanrith faoina ndéin.

'Cad é an t-ainm atá ort?' arsa an Sgeilbheag leis.

'Tá,' arsa an duine, 'Cho Luath ris a' Ghaoith, agus ní ag fanacht atá mé, ach ag imeacht.'

'Creidim nach bhfuil mórán maith dom dul in iomaíocht leat, ach tá mise mé féin an-mhaith ag rith,' arsa an Sgeilbheag.

'Rachaimid dhá chor déag ar fhichead timpeall na binne úd thall agus fillfimid anseo,' arsa an fear eile.

'Ar aghaidh leat anois, a bhuachaill,' arsa na bróga donna, a bhí istigh i mála ar a dhroim aige, 'cuir díot na rudaí gan feidhm sin a bhfuil búclaí óir orthu.'

Agus chuir an prionsa air na bróga donna.

'Amach linn, más ea,' arsa Cho Luath ris a' Ghaoith, agus amach leo. Bhí an Sgeilbheag ag coinneáil ar a chúlaibh fad an aistir. Bhí neart ina chosa a bhí míorúilteach. Ach gach uile uair a ghearradh sé amach roimh an fhear eile, b'in Cho Luath ris a' Ghaoith ag imeacht beagán níos gasta.

'Ó, is maith an anáil atá ionat,' ar seisean leis an Sgeilbheag, 'agus déanfaidh tú feidhm fós.' Bhuel, phrioc sin an prionsa agus chuir sé roimhe mar a bheadh giorria ann, ach chuir an fear eile roimhesean mar a bheadh cú glas seilge ann. Chuir siad an dóú cor déag timpeall na binne agus iad gualainn ar ghualainn.

'Is maith an dá scamhóg atá ionat,' arsa Cho Luath ris a' Ghaoith, 'agus cá bhfios nach ndéanfaidh tú feidhm lá éigin.'

Ghoin seo an Sgeilbheag agus ghearr sé a shlí roimhe ar nós cú seang seilge, ach bhí an fear eile mar a bheadh éan ar eiteog ann.

'Bhí mise riamh chomh luath le luath,' arsa Cho Luath ris a' Ghaoith, 'agus is díomhaoin duit leanúint ort.'

Ach bhí na bróga donna ar chosa na Sgeilbheig, agus bhí spionnadh ina dhá cholpa a bhí iontach amach is amach.

'Ní raibh do shamhail ann ó aimsir Chaoilte na Féinne,' arsa Cho Luath ris a' Ghaoith leis, agus iad i ndiaidh dul thart ar an bhinn turas is fiche.

'Bhí mise riamh chomh gasta le giorria' ar seisean, 'agus tá sé chomh maith agat stad.'

Agus cé go raibh an Sgeilbheag chomh gasta le gealbhán fá ghualainn agus fá bholg na binne, bhí an fear eile mar a bheadh seabhac ina dhiaidh, agus é os a chionn nó roimhe mar a thograíodh sé féin. D'fhéach an Sgeilbheag an méid a bhí ina chorp, go raibh pian ina bhrollach is ga ina thaobh is snaidhm chrua ag ceangal a mhalaí le chéile. Ach sa deireadh thiar thall, bíodh na bróga donna ann nó as, bhí Cho Luath ris a' Ghaoith ina sheasamh ag fanacht leis, is gáire ar a éadan. Lig an Sgeilbheag dó féin titim go talamh, is a anáil ina ucht, agus sula dtiocfadh an chaint chuige arís, bhí an fear eile ar shiúl mar a tháinig sé, is ní fhaca sé arís níos mó é.

Chaith an Sgeilbheag seal ina luí mar a bheadh éan leonta ann.

'Ó theip ar fad orm,' ar seisean an uair sin; 'níl mórán feidhm ionam, is ní raibh riamh.'

'Ó tá, ba é a bhí agat ansin Cho Luath ris a' Ghaoith,' arsa na bróga donna, 'agus níl duine ar uachtar an talaimh a gheobhadh bua air, fiú dá gcuirfeadh sé amach a ghoile, agus a ae in éineacht leis. Is amhlaidh a rinne tú scoth gnoithe.'

'Ó ní dhearna,' arsa an Sgeilbheag, is é ina luí ina chnap.

'Ó rinne, leoga,' arsa na bróga.

'Ní mise a rinne,' arsa an Sgeilbheag, agus chaith siad seal ag dearbhú mar sin gur éirigh siad tuirseach de.

'Is leor sin don lá inniu,' arsa na bróga donna leis.

'Ó bhuel,' arsa an Sgeilbheag, 'is mé féin atá sásta sin a chluinstin.'

* * *

Ní raibh siad rófhada ar an tslí an lá arna mhárach nuair a chonaic siad cailleach chruiteach ag teacht ina dtreo.

'Anois,' arsa na bróga a bhí fána cosa, 'is cuma má bhraitheann tú thú féin fann nó fearúil, beannaigh an lá di agus abair seo: "Nach é sin an lá breá, a bhean chóir."

Is í an Chailleach Chrìon a bhí ann.

De réir mar a bhí siad ag dlúthú léi, chonaic an Sgeilbheag go raibh a cuid éadaí ina ngiobail is ina ngeabail is go raibh an fheoil féin ag titim ó na cnámha aici ina sprochaillí is ina cnapáin. Ní raibh ach fiacail nó dhó ina ceann.

Chuir sé iontas ar an phrionsa go raibh a céim chomh cinnte is a bhí. Bhí sí á chaolchoimhéad. Níor scar a súil leis. Bhí gruaim ar a héadan.

Tháinig crith ina dhá ioscaid, bhí buille a chroí ag insint dó go raibh sé i gcontúirt a bheatha.

'Lean ort,' arsa na bróga leis. 'Ná feall is ná fuaraigh is ná fannaigh do chéim.'

Chreathnaigh an prionsa. Bhí eagla air go dtitfeadh sé as a sheasamh.

'Má thiteann tú,' arsa na bróga leis, 'maróidh sí thú le miodóg mheirgeach atá aici istigh faoina clóca.'

'Ó, nach mise a d'fhéad fanacht san áit a raibh mé,' arsa an Sgeilbheag.

'Múscail do mhisneach, a bhuachaill' arsa na bróga leis, 'agus beannaigh an lá di mar a d'ordaíomar duit.'

D'amharc an prionsa isteach ina héadan ag dul thart dó, agus d'éirigh leis na focail a rá a bhí ag diúltú teacht go bun a scornaí.

'Nach é sin an lá breá, a bhean chóir,' ar seisean léi.

Nuair a bhí sé imithe thairsti is é rud gur thiontaigh sé agus d'amharc ina diaidh, agus nár bheoigh spré bheag theasa ina chroí di, doicheallach, dúr is mar a bhí a dreach.

'D'fhéadfainn an t-aon rud luachmhar atá agam a bhronnadh uirthi,' ar seisean leis féin, is é ag ransú a mhála ag lorg na dtrí bhonn óir. 'Mura mbeadh ann ach go gceannódh sé di bia is deoch agus éadach is bróga is bata.'

'Is ea,' arsa na bróga, 'agus brat nó dhó den líneadach úr le casadh timpeall uirthi féin, agus leadhb de thalamh coisricthe ina gcuirfear faoi fhód í.'

'Nach stadfaidh tú,' arsa an Sgeilbheag, 'nuair atá rud agam le tabhairt duit.'

Thiontaigh an Chailleach Chrìon, agus sheas i lár bhóthar an rí.

'Ó' ar sise, 'mo bheannacht ar an ghasúr nach ndeachaigh céim dá shlí uaim, mo ghrá ar an té a lorg grá ina chroí dom.' Níor amharc sí ar na boinn óir. Ach bhain sí miodóg dhealraitheach amach as a clóca agus chuir i lámh na Sgeilbheig í. Gan focal sa bhreis air sin, choinnigh sí uirthi go raibh sí chomh beag le cuileog, agus ní raibh plé aige léi níos mó.

'Ní dhéanfaidh mé dearmad ar a ndearna sibh dom,' arsa an buachaill leis na bróga.

'Déanfaidh sin cúis don lá inniu,' arsa na bróga donna leis.

'Ó bhuel,' arsa an Sgeilbheag, 'is mé féin atá sásta sin a chluinstin.'

* * *

'Cad é a tharla ansin?' arsa Tormod Noraidh lena sheanmháthair.

'Ó bhuel,' arsa a sheanmháthair, 'an díomsa atá tú ag fiafraí?' Dheisigh sí an biorán gruaige ina ceann, chuir an cársán as a scornach le casacht agus lean uirthi.

Bhí an ród ag éirí níos caoile, is tháinig an Sgeilbheag go dtí píosa de choill. Chonaic sé duine éadrom ag léimnigh is ag damhsa is ag canadh leis féin i measc na gcrann. Bhí sé beagáinín giobalach is bhí cruit bheag bhriste aige faoina ascaill, agus cé a bhí ann ach Leumachan nan Leum ag macnas lena scáil féin.

'Cén t-ainm a thugtar ort?' arsa an Sgeilbheag.

Is mise Leumachan nan Leum
mo chruit im' chos an uile chéim
Leumachan na mbréid 's na dtoll
a bhíos ag coiseacht trína pholl;
in éagmais mo chruit' cha ndéanaim céim
ní ndéanaim céim 's ní dhéanaim feidhm
mise Leumachan nan Leum
na ngiobóg 's na ndonnóg
's na luinneog samhraidh.

'Leumachan nan Leum,' arsa an duine, is é ag imeacht ó thaobh go taobh,
'na dtruslóg 's na ngiobóg 's na mbréid...Leumachan eitleogach cuiseogach
breac, fear déanta mullach gróigeán...agus má bhí duine ann a léimfeadh
ní b'fhaide is ní b'airde ná mise, níor tháinig sé riamh an taobh seo.'

'Bhuel,' arsa an prionsa, 'deireadh daoine liomsa go raibh mé féin maith
ag léim. Ach is ar éigean ab fhiú dom dul in iomaíocht le do leithéidse.'

'Ó, tá, sin an cheist,' arsa Leumachan. 'An bhfuil mo leithéid ann? Níor
rith ach léim liomsa riamh é,' ar seisean, 'agus má sháraíonn tú mé, bheirim
mo mhionn go mbrisfidh mé mo chruit in éadan stoc crainn, is nach
gcanfaidh mé ach an méid a chan.'

'Ní mian liom go ndéanfá sin,' arsa an Sgeilbheag, 'ach ní féidir liom gan
dul in iomaíocht leat i ndiaidh dúinn casadh le chéile mar seo.'

'Tú féin is do bhróga donna,' arsa Leumachan, fear nach raibh bróg ná
bróg air, 'is beag a dhéanfaidh siad ar do shon.' Agus léim sé as a sheasamh,
rinne mullach gróigeán agus tháinig sé anuas ar aon chos.

'Bainfimid triall as an léim choirp,' arsa Leumachan. Chroch sé an chruit
ar ghéag. Sheas sé gan cor as agus léim deich dtroigh ar a laghad. Sheas

an Sgeilbheag san áit chéanna agus léim sé dhá throigh déag, ar an chuid ba lú de.

'Triallaimis an léim ar leathchos, an truslóg, is an léim choirp,' arsa Leumachan.

'A Sgeilbheag,' arsa na bróga, 'ní maith an mhaise duit léimneach níos faide ná é – brisfidh tú a chroí.'

'Tá mise ag dul a léimneach chomh fada is is féidir liom,' arsa an Sgeilbheag.

'Do thoil féin,' arsa na bróga. 'Ní thiocfaidh oiread na fríde de shochar as.'

Sheas Leumachan ar leathchos agus phreab suas in airde agus, gan stad, ghearr sé truslóg a shín i bhfad agus, gan briseadh ar a shiúl, thug sé léim a bhí cumhachtach. Is iontach mura raibh cúig throigh fichead sna léimeanna sin ar fad. Sheas Leumachan na mbréid is na bpoll ansin agus lúcháir ar a aghaidh. Lean an Sgeilbheag é. Agus leis na bróga donna ar a chosa shílfeá gur ar eiteog a bhí sé, agus léim sé aon troigh ní b'airde ná an fear eile, ar an chuid ba lú de.

Nuair a chonaic Leumachan nan Leum mar a bhí an scéal, shín sé a lámh chun na cruite agus bhris sé le stoc crainn é. Sceith píosaí di i ngach treo. Shuigh sé síos ar an talamh agus chaoin sé go goirt. Chaoin sé go goirt agus gháir sé 'Go síoraí buan, ní chanfaidh mé ach an méid a chan mé cheana.'

Chonaic an Sgeilbheag go raibh a chroí briste, is nach raibh fiú a ainm féin fágtha aige. Ní thiocfadh é a shuaimhniú ar dhóigh nó ar dhóigh eile.

'Má éisteann tú, bheir mé duit na trí bhonn óir atá agam anseo,' arsa an Sgeilbheag.

'Ní ghabhfaidh mé iad,' arsa Leumachan. 'Níl mé á n-iarraidh.'

'Cuir thusa ort na bróga seo,' arsa an Sgeilbheag, 'agus féachaimis uair amháin eile.'

'Ní chuirfidh.'

Faoi dheireadh, tháinig leis a insint dó nach ndéanfadh sé maith ar bith gan na bróga donna. Agus go cinnte is go fíor, gurb eisean Leumachan nan Leum. Ach ní rachadh na bróga ar an duine eile. Bhí siad róbheag dó, is ní raibh cleachtadh aige ar bhróga cibé ar bith, ná ní raibh sé maith ag léimneach iontu.

'Ná bíodh imní ort mar gheall ormsa,' arsa Leumachan. 'Orm féin a bhí an locht. Ag déanamh gur mise ab fhearr a bhí ann.'

'Agus is tú is fearr atá ann fós,' arsa an Sgeilbheag. Ach nuair a scar siad, ní raibh siad iomlán cinnte ná fiú leathshásta.

'An ndéanfaidh sin cúis inniu?' arsa na bróga.

'Déanfaidh,' arsa an Sgeilbheag, 'agus amárach.'

* * *

'Is ea,' arsa Tormod, 'is cad é a tharla ansin?'

'Is iomaí rud a tharla,' arsa a sheanmháthair. 'Ach is leor sin don oíche anocht.'

'Is mé féin nach bhfuil sásta leis sin,' arsa Tormod.

'Ó, tá tusa beagán mar a bhí d'athair féin – ní féidir tú a shásamh,' arsa a sheanmháthair. 'Is iomaí contúirt trína ndeachaigh an Sgeilbheag agus is iomaí uair a thug sé na cosa leis ar éigean ar feadh na gceithre ráithe a bhí ann,' arsa bean Iain Tuirc. 'Is mura dtitfimid amach lena chéile roimh an oíche amárach, cluinfidh tú tuilleadh an uair sin.'

* * *

Bhí an Sgeilbheag ar siúl i bhfad ó theach a athar, is ag é ag gabháil trí gharbhlach is trí choillte dorcha, is é go mór ar aineoil. Labhair na bróga leis tráthnóna amháin i ndiaidh dóibh a bheith suaimhneach ar feadh tamaill mhaith, agus dúirt siad, 'A ghiolla úd, bí ar d'fhaichill, nó tá tú anois ar fhearann an fhir mharfaigh úd, Cathach nan Cath. Duine ar bith a mbeireann sé siúd air, is marbh atá sé.'

'Bhuel,' arsa an Sgeilbheag, a bhí i ndiaidh éirí pas beag déanfasach, 'níl mise le dul ar chúl cnocáin roimh dhuine ar bith. Ní rachaidh mé oiread is céim de mo shlí do dhuine dubh ná geal.'

'Ó,' arsa na bróga, 'tá Cathach nan Cath ag teacht, agus b'fhearr duit rith nó tú féin a chur i bhfolach – níl agat ach tamall beag gairid.'

Ach ní raibh an Sgeilbheag ag géilleadh mórán dóibh.

'Ó, a Sgeilbheag,' arsa na bróga, 'a mhic d'athar féin, atá ina rí ar ríocht, is a bhfuil caisleáin aige atá beannach bearnach suas go hard, is broganta fána lár is fána mbun, seo muidne ag ordú duit: bí ag teitheadh an t-aon lá seo chomh gasta is a rachas do chosa, nó crom síos go híseal i measc an fheileastraim. Gearr sifín as áit éigin agus tum thú féin sa bhréanloch fuar dorcha a chí tú ón áit seo. Mar tá Cathach ag teacht. Amárach, tiontaigh is tabhair aghaidh ar cibé duine a thograíos tú; anóirthear, cuir do chosa i dteannta is ná teith roimh aon duine a chonaic tú riamh; ach an lá inniu, rith mar a bheadh do bheatha air nó folaigh thú féin.'

'Bhuel,' arsa an Sgeilbheag, 'nuair nár theith mé roimh an Chailleach…'

'Do thoil féin,' arsa na bróga, 'ach is é seo an rud: an fearr leat a bheith beo nó marbh?'

'Beo,' arsa an Sgeilbheag.

'Bí ar shiúl, más ea,' ar siadsan, agus rith an Sgeilbheag is chuaigh sé i bhfolach ar chúl an fheileastraim. Ghearr sé sifín dó féin le miodóg na Caillich Crìon.

Le clapsholas, sular tháinig crónú go doircheacht, chuala siad ag teacht é. Sular fholaigh an Sgeilbheag é féin faoin uisce, fuair sé an chéad amharc is an t-amharc deireanach ar Chathach nan Cath – duine caol ard cumhachtach agus tine ar lasadh ina shúil. Éadan gan taise gan trua gan trócaire. Srón chrom. Béal mar lot nár chneasaigh go rómhaith. Bhí rópa garbh faoina lár agus sraith cloigne ar sileadh de, is iad ag bualadh in éadan a chéile leis an uile chéim a thugadh sé. Agus claíomh fada, a bhíodh ag téamh agus ag fuarú. Nuair b'fhuar é, bhíodh sé dorcha is toit uaidh, agus nuair ba the é, bhíodh sé aige ina lámh is a lann dearg ar fad agus é ag lasadh agus ag loscadh. Isteach trína fholt os cionn na cluaise bhí trí bhiorán chaola fhada agus sin an fáth a dtugtaí Cathach nan Dealg 's nan Calg air.

Bhaineadh sé dealg acu amach as a fholt agus chaitheadh uaidh í agus is cuma cad é an cruth ina gcuirfeá tú féin, lorgaíodh sí thú. Ní rachadh sé sa taobh anoir díot, ní rachadh sé sa taobh aniar díot, an ga grod, goineach, míthruacánta, dosheachanta, is ní rachadh sé tharat, ach d'aimseodh sé thú. Is dá bhfeicfeadh sé thú ar leathrith, is tú leonta, chaithfeadh sé uaidh an dara bior caol fada. Is dá bhfeicfeadh sé thú ag éirí is ag titim, chaitheadh sé uaidh an tríú ceann. Ach fiú dá mbeifeá i do thost, is fiú dá mbeifeá ar an dé deiridh, scoithfeadh sé an ceann duit cibé ar bith.

An t-aon spléachadh a fuair an Sgeilbheag ar a éadan is ar a chruth is ar a chóiriú, thosaigh a chroí ag bualadh mar a bheadh ord istigh ina chliabh ann. Thosaigh na bróga donna ag cuntas na gcloigne. '…dís fireannach, triúr baineannach, beirt leanbh cíche, triúr páistí, dhá mhadadh allta, cúig fhrancach…'

Agus lig an Sgeilbheag é féin síos san uisce fuar, sifín aige trínar dhiúil sé a oiread aeir is a choinneodh an dé ann, is é ag slogadh is ag tachtadh, is a chroí ag bualadh fána easnacha mar dhorn ar dhoras.

'Ná corraigh go dté sé thart,' arsa na bróga. 'Coinnigh do cheann faoi.'

Agus i ndiaidh tamaill, thug siad cead dó a cheann a chur ar uachtar. 'Ach ná corraigh as an áit ina bhfuil tú – is dócha go bhfillfidh sé agus a dhá chluas ar bior.'

Faoi dheireadh, thug siad cead dó teacht amach as an uisce. Bhí an fuacht i ndiaidh dul go domhain ann. Thug sé seal ar a lámha ag féachaint suas chun an fhearainn ghlais, is é chomh lag le cuileog gheimhridh a éiríos dá droim is a thiteas tur te ar a thaobh. Luigh sé sa dorchadas agus é leathmharbh. Sular tháinig an mhaidin, d'éalaigh sé leis ar a fhaichill. Agus roimh mheán lae bhí aistear maith curtha ina dhiaidh aige. Chodail sé i gcúil dhorcha fad lae agus oíche, agus níorbh fhéidir leis gluaiseacht mar is ceart fad seachtaine. Agus as sin amach, le linn dó a bheith sábháilte i dteach a athar, nuair a chluineadh sé fear ag rá le fear eile 'is crua duit a bheith ag gabháil de do shálaibh in aghaidh na ndealg,'* chuimhníodh sé ar na bioráin chaola fhada, is ar Chathach nan Cath a bhí chomh hoscartha, coscartha cianda. Agus ar na cloigne, is ar uisce dorcha fuar an bhréanlocha. Agus ar na beannta is ar na coillte a bhí gránna, guagach, ciar. Agus ghabhadh creathán fuachta é óna mhullach go dtí a dhá sháil.

Iain Geur

I ndiaidh dó teacht slán ina bheatha bhí an Sgeilbheag chomh lag leis an fhéar ar feadh seachtaine. Thagadh crith ina chosa agus gliog ina ghuine. Ach bhí sé óg, folláin, agus bhí biseach ag teacht air le gach lá a d'imigh thart.

Chonaic sé teach beag leis féin píosa ar shiúl ón bhealach agus toit as an tsimléar. Agus de réir mar a bhí sé ag dlúthú leis, nár tháinig fear amach as agus tháinig síos ina choinne. Thosaigh sé ag comhrá sular tháinig sé a fhad leis an Sgeilbheag.

'Ó,' ar seisean:
'Dhá chaora ag éamh
's na huain ina n–éagmais,
dhá chaora cheanndubh'
do m'amharc, gan ghluaiseacht,
dhá chaora 'na seanrith
's gan ach aon adharc eatarthu
cá mhéad caorach atá ansin?'

Bhí an Sgeilbheag fós giobalach, codlatach, is níor aimsigh sé mar is ceart ar an cheist. Níor leisce leis an duine í a chanadh arís. Agus d'fhreagair an Sgeilbheag. 'Tá, seisear.'

'A thruáin bhoicht,' arsa an duine. 'Is beag feidhm a dhéanfá thusa mar aoire, nó ag cuntas na dtréad.'

Agus cé a bhí ann ach Iain Geur. Nó, mar a déarfadh cuid dá lucht aitheantais, 'Fear na hintinne géire ag éirí níos géire fós'.

'Dá fhiach ar chonablach,
fiach ag breathnú is súil ina ghob,
fiach sámhach is súil dhá shlogadh
Cá mhéad súil atá ansin?'

'Stad bomaite,' arsa an Sgeilbheag. 'Ní i bhfad ó shin a dhúisigh mé.'

'Stócach óg mar tusa a ba chóir a bheith os cionn a bhuille, is níor fhreagair tú ceist bheag shimplí mar sin.' Agus theann Iain Geur leis agus chuir an cheist chéanna air arís: 'Cá mhéad súil atá ansin?'

'Nach ndéarfaidh tú arís é, go deas socair,' arsa an stócach.

'Ó is mé nach ndéarfaidh,' arsa fear na hintinne géire is é ag croitheadh a chinn.

'Naoi gcinn,' arsa an Sgeilbheag is clár a éadain reangach rocach.

'Ó, a bhrealláin bhoicht gan bhrí,' arsa Iain Geur, 'is méanair duitse nach raibh do bheatha ag brath air, nó bhí tú chomh marbh le scadán.'

Ní raibh gíog ná míog as na bróga. Bhí an Sgeilbheag fós beagán tuirseach i ndiaidh ar fhulaing sé. Ní fhanfadh smaoineamh ar bith ina cheann. Bhí a intinn is a aire chomh corrach le hubh ar bhonnóg. Agus, má instear an fhírinne, bhí sé i bhfách le rith.

'Duine deacair é seo, ceart go leor,' arsa na bróga, 'go háirithe an tráth seo den lá, ach, a ghiolla, caithfidh tú féachaint leis, agus do cheann a chur mar ar thug do chosa thú.'

'Níor...níor...níor chuala mé sin riamh,' arsa an Sgeilbheag. 'Is é a bhítí ag rá "An rud a chuirfeadh sé ina cheann, chuirfeadh sé ina chosa é."*

'Tá tú dúisithe,' arsa na bróga leis.

'Féachfaidh mé arís thú leis na fiacha,' a scairt Iain Geur:

'Dhá fhiach ar chreig,
dhá fhiach gob le gob,
fiach ag éamh ar fhiach
cá mhéad fiach atá ansin?'
'Dhá fhiach,' arsa an Sgeilbheag.

'Níl mé ag rá nach ndéanfaidh tú feidhm fós, lá breá éigin,' a dúirt an fear eile.

'Bhfuil tú i do chónaí anseo leat féin gan duine eile fá mhíle díot?'

'Go dearfa níl,' arsa fear na hintinne géire, 'tá cat agam is tine is píopa. Ach,' ar seisean, 'is fada ó d'imigh mo bhean chéile, agus is ríchuma liom. Ní éistfeadh sí le focal a deirinn. Is é a ghoill ormsa gur thug sí léi an bhó. Bó cheansa shuairc a bhí cuid mhór níos siosmaidí ná í féin.'

'Cuireann sin i gcuimhne dom blúire filíochta ba ghnách liom a chluinstin ag m'athair,' arsa an Sgeilbheag.

'Bhfuil sé fada?' arsa fear na hintinne géire.

'Níl.'

'Abair leat, mar sin,' ar seisean, 'go mbeimid réidh leis.'

Gan athair gan mháthair
gan dreifiúr gan dreatháir,
    Ó hó.
Gan dúil le litir -
tearc a thig ceann,
    Ó hó.

An uair a thig, is litir odhar*
nach ndéanann cúnamh dom ná cabhair,
    Ó hó.
Bhí bean agam – rinn' sí mo thréigean;
Ní raibh sinn sona lena chéile,
    Ó hó.
I gceann seachtain' bhí sí tinn díom,
Agus mise tinn tuirseach dise,
    Ó hó.
Cé a déarfadh sular phós sinn
go mbagróinn mo dhorn uirth',
    Ó hó.
Gan athair gan mháthair
gan dreifiúr gan dreatháir,
    Ó hó.
Gan dúil le litir -
tearc a thig ceann,
    Ó hó.
Dhá chat agam is cú,
buidéal cloiche is súisín úr,
    Ó hó.
'S an t-árthach boird 'na seasamh
Thuas ar bharr an driosúir,
    Ó hó.
    Ó hó.

'An-mhaith, an-mhaith,' arsa Iain Geur. 'Bhfuil a dhath eile agat – an bhfuil tomhais ar bith agat?'

'Bhuel…fan … tá …cad é faoi:

Bodaigh bheag' gan fhuil gan anam
Ag damhsa ar thalamh cruaidh.'

'Leoga,' arsa Iain Geur, 'chuala mé sin sula raibh mé amach as an chliabhán – clocha sneachta.'

'Éinín beag idir dhá bhinn,' arsa an Sgeilbheag, 'agus beidh sé ag canadh go mbásóidh sé.'

'Scoir anois de do thútachas – tá sin rófhurasta – ach má tú ag caint ar 'idir', éist seo. B'éigean deich n-úll a roinnt idir líon áirithe daoine – cad é a líon?'

'Ní féidir sin a fhreagairt,' arsa an Sgeilbheag. 'Deireadh daoine liomsa nach raibh mé go ródhona ag plé dúcheisteanna agus a leithéid – ach níor inis tú go leor dom.'

'D'inis,' arsa Iain Geur, 'agus níos mó ná mar atá de dhíth ort.'

'Níor inis.'

'Ó muise, d'inis!'

'Níor inis.'

'Ó leoga féin, d'inis! Éist leis an uile fhocal riamh!' a scairt Iain Geur. 'Leis an uile dhiabhal focal!' a scairt sé arís.

'A dhiabhail,' arsa an Sgeilbheag leis na bróga, 'féach cad é an sórt duine a chastar i mo líon.'

'Tá sé ag insint na fírinne,' arsa na bróga.

'An liomsa atá sibh, nó leis-sean?' a scairt an Sgeilbheag.

'Nílimid le fear ar bith seachas fear eile. "Seachas fir eile" ab fhearr linn a rá,' arsa na bróga, agus iad féin pas beag éiginnte i láthair Iain.

"Fear seachas fear" atá ann,' arsa an Sgeilbheag. 'Tá sibh ag éirí earráideach.'

'Níl mórán maith duit a bheith ag comhrá leat féin is ag scairteach,' arsa Iain Geur. 'Ní cuidiú ar bith sa chúis é sin. Ach cuideoidh mé féin leat,' arsa fear na hintinne géire ag éirí níos géire fós, agus é béal le béal leis, 'cé nár chóir dom…Éist anois leis na focail a déarfas mé. Chuaigh duine síos ó Iarúsailéim go hIreachó agus tharla sé i measc lucht robála – an gcluin tú mé?'

'Go rómhaith,' arsa an Sgeilbheag, is a cheann ag éirí nimhneach.

'Cad é anois a insíonn sé sin duit – cá mhéad lucht robála a bhí ann?'

'Níl a fhios agam' arsa an Sgeilbheag.

'Tá a fhios! Tá! Tá!' a scairt iain Geur. 'I measc! I measc! I measc! Lucht! Lucht! Nach léir duit fós é, nó an gcaithfidh mé do cheann a ghoradh leis an tine le go mbeofaidh do thuiscint?'

'Níor inis sé riamh cá mhéad a bhí ann,' arsa an Sgeilbheag i nguth íseal, agus é ag éirí chomh geal leis an ghruth.

'Ó, cad é a dhéanfas mé leat,' arsa Iain Geur. 'Is féidir leat é a dhéanamh, tá a fhios agam go maith gur féidir, agus rudaí go mór fada níos deacra ná seo.' Bhuail Iain Geur a dhorn isteach ina bhois agus dúirt de ghuth briste, mar dhuine foighdeach a cuireadh thar a chumas, 'Níos mó ná beirt …obh, obh, obh … chí Dia mar atá an saol ag éirí domsa.'

Chrom sé a cheann is dúirt sé go socair, 'Idir: beirt … i measc: níos mó ná beirt.'

'Tuigim anois cad é atá tú ag rá,' arsa an Sgeilbheag, 'ach féach anois: ba ghnách liom m'athair a chluinstin ag rá 'Níl a fhios agam cad é a dhéanfas mé, idir seo, siúd agus siúd eile…' Cad é mar is féidir sin a bheith?'

Ach bhí Iain Geur ag smaoineamh ar rud éigin eile. 'Caithfidh mé dul isteach agus mo phíb agus mo thobac a fháil,' ar seisean.

'Nuair a fhillfeas sé, cuir an ceann seo air,' arsa na bróga donna:

> 'Chonaic duine gan súile
> úlla ar chraobh:
> níor bhain sé úlla di
> 's níor fhág sé úlla uirthi.
> Conas sin?'

'Chuala mise sin uair éigin,' arsa an Sgeilbheag, ach tá sé i ndiaidh dul as mo chuimhne go lofa leibideach … Stad ort…' Agus shuigh sé síos ar an talamh agus dúirt, 'Níl feidhm ar bith ionam, is ní bheidh go brách.'

'Seo, agus scoir de sin,' arsa na bróga, 'is ionat atá.'

'Ó, níl.'

'Éirigh as sin sula bhfillfidh sé,' arsa na bróga, 'sula náiríonn tú thú féin. Seas!'

Sheas an Sgeilbheag. D'éirigh an saol dorcha air, agus is beag nár thit sé, leis an mhearbhlán a bhí ina cheann.

'Caith uait bróg amháin,' arsa na bróga donna, 'agus seas ar leathchos.'

Rinne sé sin.

'Níor bhain sé bróga de is níor fhág sé bróga air. An dtuigeann tú anois?'

'Tuigeann, tuigeann, tuigeann, go raibh maith agat,' arsa an Sgeilbheag, 'duine le súil amháin … dhá úll … thug sé leis ceann amháin díobh … nár mhaith liom féin úll agus bolgam bainne a bheith agam.'

D'fhill Iain Geur is a phíopa ina phluc is gach cuma air go raibh sé le leanúint den cheastóireacht.

'Chonaic duine gan súile úlla ar chraobh…' arsa an Sgeilbheag leis.

'Tá a fhios agam é,' arsa fear na hintinne géire.

'Ar thomhais tú féin é?' arsa an Sgeilbheag.

'Thomhais,' arsa Iain Geur.

'Ach an bhfuair tú cuidiú?'

'Ní bhfuair. Thóg sé dhá lá orm. Ní raibh mé ach i mo pháiste. Cad chuige ar chaith tú do bhróg anall i ndíog an bhealaigh mhóir?'

'Sin an tuige,' arsa an Sgeilbheag.

''Nois,' arsa Iain Geur, 'bhí tuathánach ann uair amháin agus bhí aige le hocht ngalún bainne a roinnt idir beirt a bhí ar a aithne. Ní raibh aige ach trí shoitheach, agus ghabhadh siad ocht, cúig agus trí ghalún faoi seach. Cad é mar a d'éirigh leis é a dhéanamh?'

'Ar thomhais tú féin an ceann sin?' arsa an Sgeilbheag.

'Ó, thomhais, is mise a thomhais,' arsa Iain Geur.

'Is cé chomh fada a thóg sé ort?'

'Is cuma duitse,' arsa fear na hintinne géire.

'Ní hé go bhfuil mé tuirseach de do chuideachta,' arsa an Sgeilbheag, agus b'in an chéad bhréag a d'inis sé ó d'imigh sé ar a thuras, 'ach caithfidh mé cur chun bealaigh.'

'Nach bhfanfaidh tú tamall – cá bhfuil do dheifir?' arsa an fear eile. 'Fan: tá ceann níos fusa agam duit:

Tá dreatháir ag dreatháir m'athar,
'S ní dreathár athar domsa é.'

'Slán agat,' arsa an Sgeilbheag leis, agus chuir sé air an bhróg a bhí thall ar thaobh an bhealaigh, agus ghabh sé roimhe suas an ród.

'Seo ceann furasta,' arsa Iain Geur, is é á leanúint:

'Tá tomhas agam ort:
ní hé do cheann, ní hé do chos,
ní hé d'éadan, ní hé d'fholt,
ní hé aon bhall atá id' chorp,
ach tá sé ort is ní thomhasann tú é.'

'Tuirse,' arsa an Sgeilbheag.

'Ní hea.'

'Deifir.'

'Ní hea.'

'Ocras.'

'Tart.'

'Tnúthán,' arsa an Sgeilbheag thar a ghualainn.

'Ní hea.'

'Cumha.'

'Ní hea! Ní hea! Ní hea!' a scairt Iain Geur in aird a chinn. 'D'ainm! A dhiabhail ... d'ainm!'

Agus chuimhnigh an Sgeilbheag nár fhiafraigh fear na hintinne géire de in am ar bith cad é an t-ainm a bhí air, nó an raibh ocras air nó tart, is nár thug sé cuireadh dó teacht isteach ina theach.

Chroith an fear eile a cheann. Ar seisean leis féin, 'Ó, a chlabhstair bhoicht, tá tú ar nós an uile dhuine eile a thig san áit seo – tiubh sa cheann.'

Agus ghabh sé isteach ina theach, fear na hintinne géire ag éirí níos géire fós, agus shuigh sé ag an tine i gcuideachta an chait.

Cailean Mi Fhìn

'Cad é a tharla ansin?' arsa Tormod.

'Cad é a tharla,' arsa a sheanmháthair, 'ach gur choinnigh sé ag dul.'

Is é a bhí sásta nach raibh aon duine ann a chuirfeadh ceisteanna air. Shiúil sé na mílte is na mílte go dtí go raibh sé ar a shuaimhneas. An chéad teach eile a thug sé faoi deara, bhí sé ina sheasamh leis féin thuas ar chnoc agus na fuinneoga ann ag glacadh ghatha na gréine is á dteilgean isteach ina shúile. Ar seisean leis féin, 'Tá teach den scoth ag duine éigin ansiúd.' Sméid beirt ar an Sgeilbheag ón taobh istigh den gheata.

'Gaibhte isteach in éindí linn. Tá sé féin sa bhaile inniu. Gheobhaidh tú do dhea-fháilte. Beifear ag friotháil ort le bia is deoch. I gceithre ranna rua an domhain níl duine chomh fial le Cailean.' I gceartlár na cuideachta, chonaic an Sgeilbheag duine mór státúil a bhí go díreach ag cur críche ar sheanchas a bhí siamsúil, greannmhar.

"Ó, bhuel", arsa mise leis an uair sin, ar seisean liomsa," arsa Cailean. "Ar sise."

Agus thosaigh an uile dhuine a bhí istigh, is níor bheag sin, ag goldar is ag gáire. Agus cé a bhí ann ach 'Cailean Cò Th' ann ach Mi'.*

'Gabh isteach, a bhuachaill!' a scairt sé. 'Cuimhnigh nach i dteach an duine bhoicht atá tú! Cad é a bheas agat?' ar seisean leis an Sgeilbheag, agus líon sé gloine mhór uisce beatha dó.

'Ó tá tithe go leor thart anseo, agus mise ag rá leat go bhfuil siad galánta; ach ní thabharfadh siad duit oiread agus a líonfadh luchóg de rud ar bith. Ach ní hé sin dúinne é. Bhí m'athair ina dhuine aíoch, agus a athair roimhe.

'A bhean, réitigh an tancard dúinn,' a scairt Cailean, 'is líon an cupán le sólás.'

'Cá háit ar chuala mise sin roimhe?' arsa an Sgeilbheag leis féin. Thall i measc na stócach fuair sé spléachadh ar bhean bhreá, bhán is fáinní fá na súile aici, is gach cuma uirthi go raibh sí ar tí titim béal faoi le tuirse.

Chonaic an Sgeilbheag go raibh na fir óga faoi dhraíocht ag Cailean. Agus go raibh cuid acu ag comhrá is ag imeacht díreach mar a bhí seisean. Bhí sé ag súil le hinsint dóibh faoi Chathach nan Cath. Agus is dócha go gcuirfeadh sé tomhas nó dhó orthu.

'Cén dóigh a bhfuil leaba an leisceora rófhada dó?'

'Ó, níl a fhios, tá sé chomh maith agat insint dúinn – seo leat, amach leis, a bhuachaill!'

Agus déarfadh sé féin ansin 'Toisc go raibh sé rófhada inti.'

Nó chuirfeadh sé an ceann seo orthu:

  'Níl sé amuigh,
  Níl sé istigh,
  Is ní dheachaigh sé ar iarraidh.'

'Muise! Nílmidne ag déanamh bun nó barr de, tá sé chomh maith agat insint dúinn. Is ea, doras, ar tusa – nach tú atá greannmhar, is cé leis thú ar scor ar bith, is cá bhfuil do thriall?'

Ach ní bhfuair sé mórán seans a dhath ar bith a rá.

Bhí Cailean ag canadh amhrán grá. Agus nuair a scoir sé, dúirt duine de na gasúraí, 'Á, nach agat atá an guth!'

'Ó bhí guth breá mealltach ag do mháthair féin,' arsa Cailean, 'cé nach raibh an ceol is an chumhacht ina guth a bhí i nguth mo mhátharsa.'

Thall ar chúl Chailein chonaic an Sgeilbheag go raibh a bhean ag tógáil a súile suas chun na mbeann.

'Cibé ar bith,' arsa Cailean, 'fuair mé an ceol ó mo mháthair is an fhilíocht ó m'athair cóir nach maireann.'

'An mbíonn tú le filíocht?' arsa an Sgeilbheag.

'Bíonn, a bhuachaill, nuair a ligeann an driopás dom,' arsa Cailean. 'File iomráiteach a bhí i m'athair agus téann duine le dúchas seacht n-uaire sa lá, i ngan fhios dó féin.'

'Seans ar bith... cuir i gcás anois dá ndéarfá ceann acu – ceann de na dánta a rinne d'athair...'

'Ó, níl a fhios agam,' arsa Cailean, is chuir sé lámh suas is thosaigh ag slíobadh siar a chuid gruaige.

'Ar aghaidh leat, a Chailein!'

'All right, mar sin,' ar seisean. 'Seo ceann a rinne sé is é i ndiaidh filleadh go hocrach ón chladach.'

'Seo, scaoil amach é, a Cheilein!'

An ndearn' tú prátaí brúite, prátaí brúite te,
An ndearn' tú prátaí brúite te,
an ní is fearr faoi spéartha Dé?

Ní dhearna inniu,
'ní dhearna inniu,

ach gheobhaidh tú dhá ubh.

Is bonnóg choirce a d'fhuin mé féin,
bonnóg choirce a d'fhuin mé féin,
is a dtograíos tú d'im.

'Sórt fear feasa a bhí i m'athairse,' arsa Cailean. 'Seo duan eile a rinne sé go gairid sular bhásaigh mo mháthair.'

'Croch suas é, a Chailein.'

Tá cosa Chiorstaidh tinn inniu,
tá cosa Chiorstaidh tinn,
tá cosa Chiorstaidh tinn inniu,
ní dheachaigh sí fá choinne móna.

Tá cosa Chiorstaidh tinn inniu,
tá cosa Chiorstaidh tinn,
tá cosa Chiorstaidh tinn inniu,
ní rachaidh sí ar céilí.

Scoir Cailean is chrom sé a cheann.

'Ó bhuel, is file a bhí i d'athair, dáiríre,' arsa an Sgeilbheag.

'Is file dáiríre a bhí i m'athair,' arsa Cailean. 'Nach é sin ba chóir duit a rá?'

'Sin ba mhian liom a rá,' arsa an Sgeilbheag. 'Agus cad é fá do chuid filíochta féin?'

'Ó,' arsa Cailean, 'tá an fhilíocht ag éirí as an dream s'againne mar a thig fíoruisce go huachtar. Rinne mé dreas filíochta – 'Amhrán an Gheimhridh' – agus cé gur mé féin atá a rá, is iontach go bhfuil a leithéid ann.'

'Abair leat, mar sin.'

Chuir Cailean lámh suas ar a leiceann agus ar seisean, 'Ó, níl a fhios agam.'

'Scaoil amach é, anois,' arsa cách.

'Ceart go leor,' ar seisean, 'ó chuir sibh iallach orm… 'Amhrán an Gheimhridh',' ar seisean de ghuth íseal.

> 'Faoin am seo bliana
> is an ghrian ar teitheadh ó dheas,
> éiríonn sí ar éigean os cionn na binne
> is cromann síos as.
>
> An loch chomh caol le scian
> idir na bruacha,
> solas fuar an gheimhridh
> ag dealramh uaidh.
>
> An lacha bhocht, nach mairg di
> lá na seacht síon,
> mise is tusa 'nár dteaichín te
> is an cat 's an cú faoi dhíon.'

Chrom Cailean a cheann is bhris na deora air. 'Gabhaigí mo leithscéal…tá sé ag dul dian orm…tá sé chomh domhain…

'Gan foscadh ar domhain acu

Dé Domhnaigh nó lá seachtain',
ach ag crúbadh i gceann a chéile
le fuacht an bháis a sheachnadh.

Na reanna ag preabadaigh go hard
ina laindéir bheaga fhuara
gormlasrach, deargbhristeach, geal-diamant
nach stadann fad fidirne.

Ach réalt an trathnóna amháin
atá chomh soiléir réidh:
glan geal, sibhialta í 'na haimsir
seachas gach réalt.

San am seo tig gaoth ghearrtha aduaidh,
tá sneachta is flichne i ndán dúinn;
m'athair go piachánach, an truán,
is taobh a bhéil ar scoilteadh.'

'Eich, eich, eich,' arsa Cailean, agus thriomaigh sé a shúile le naipcín síoda.

'Coinnigh ort, coinnigh ort.'

'Mo thrua giolla óg móintigh
ar a mbeir an plúchadh sneachta
aistear mílte amuigh,
san aimsir dhona chluanach.

Tá canach an tsléibhe glé geal,
cúr na farraige fiú níos gile,

ach ní mór nach ndallfadh úrchumhdach sneacht' thú
lena fhíorghile.'

Ach is é rud gur stad sé ansin agus scairt lena bhean, 'Feicim thú…ná bí
ag smaoineamh nach bhfeiceann…ag rolladh do shúile… a ghealshúileach
bhocht gan chiall…'

Ó, labhair sé léi go breá nasty, i láthair an uile dhuine, amhail is go raibh
sí chomh suarach le sclábhaí nó le scológ, ansin, ina teach féin.

'Ó, bhuel,' arsa an Sgeilbheag leis na bróga, 'is maith go bhfuil deireadh
leis an ranntaíocht.'

'Come on now,' arsa na bróga donna, 'give the man his due – bhí giotaí
de sármhaith!'

'Bhí, mar dhea,' arsa an Sgeilbheag. 'B'fhearr i bhfad liom an fhilíocht a
rinne a athair, leanbaí is mar a bhí sí.'

'Ó, bhuel…' arsa na bróga.

'Bíodh ciall agat,' arsa an Sgeilbheag, 'bhí a chuid filíochta cosúil leis féin:
lán gaoithe.'

Tamall gearr ina dhiaidh seo thug Cailean amach iad go bhfeicfeadh siad
an píosa a chur sé leis an teach.

'A bhuachaillí,' ar seisean, 'cá huair a chonaic sibh obair chloiche mar
sin?' Chuimil sé a lámh den bhalla. 'Féachaigi mar atá na clocha ar aon
mhéid agus in alt a chéile. Ní fhéadaimse barraíocht mórtais a dhéanamh
as sin – níl ann ach bua a thug mé liom ón bhroinn.'

'Ó, is obair chloiche ar dóigh atá ann, a Chailein,' arsa fear de na buachaillí.

'Agus seo an chloch mhór, ar chúl an tí anseo, a thóg m'athair. Mé féin is é féin, inár n-aonar a thóg ón talamh í. Agus seo an léana mar a mbímis ag caitheamh na ndoirneog, is in iomaíocht a chéile ar an mhaide-leisg.'

'Deireadh siad liomsa i gcónaí nach raibh mé féin go ródhona ag caitheamh na ndoirneog,' arsa an Sgeilbheag.

'Tusa?' arsa Cailean.

'Is ea. Agus níl mé ag rá nach mbeinn an-mhaith ar an mhaide-leisg* ach oiread.'

'Ó is beag maith a dhéanfaidh tusa, a mhaotháin gasúir,' arsa Cailean.

'Má théann tú i gcomórtas liomsa, is tusa a bheidh thíos leis, mar a bhí iomad amadán romhat. Cuimhnigh ar leithead mo dhroma, ar dhoimhneas mo bhrollaigh, agus ar an dá sciathán sin atá féitheogach, fionnaitheach.'

Ach bhí an Sgeilbheag i ndiaidh dul trí an-chuid gábh. Bhí airde i ndiaidh teacht ann, agus téagar. Bhí a éadan is a mhuineál dorcha ag an ghrian. I ndiaidh ar fhulaing sé, dar leis, bhí sé chomh láidir le heach beag másach, mosach, mongach.

Shuigh siad ar an fhéar ghlas ar aghaidh a chéile. Chuir an Sgeilbheag a bhoinn le boinn Chailein. Agus thosaigh siad ag sracadh is ag tarraingt. Ach bróga donna ann nó as, agus each mosach, mongach, másach ann nó as, fuair Cailean an ceann is fearr air trí huaire, is ní raibh sin ródhoiligh dó.

'Ó, caithfidh tú bonnóg nó dhó a ithe fós, a bhuachaill,' arsa Cailean, agus chuir sé folt na Sgeilbheig trína chéile lena lámh. 'Féach féin ar an dá chrág sin,' ar seisean leis an Sgeilbheag, 'a dtiocfadh liom tú a fháscadh leo, dá mba é sin mo thoil.'

Bhí éadan na Sgeilbheig dearglasta le náire. Thost sé, is ní labhródh sé le haon duine.

'Ó tharla sé a bheith chomh lán de féin, bhí tú ag súil nach raibh feidhm ar bith ann,' arsa na bróga. 'Ach bhí tú meallta. Anois tá tú náirithe. Nuair nár éirigh leat tá tú chomh dúdach dúr le seanchailín nach bhfuair a cuimilt ná a barróg.' Ó, níor sheachain na bróga é. Thug siad dó tur te é.

'Ní raibh sin róghlic agam,' arsa an Sgeilbheag.

'Ní miste duit féin a rá,' ar siadsan, d'aon ghuth.

Chuaigh gach duine isteach sa teach arís, agus líon Cailean gloine mhór is chuir sé síos í ar aghaidh na Sgeilbheig.

'Seo, a bhuachaill – ní bhfaighidh tú a leithéid seo de stuif ach i dteach Chailein.'

'Ná hól ach an t-aon cheann amháin seo,' arsa na bróga leis. 'Beidh tú fann cloíte go leor faoin am a bhfaighidh tú amach as seo, gan cloigeann tinn is aithreachas a bheith ort lena chos.'

'Féach anois má bhíonn tú sa taobh seo tíre,' arsa Cailean, 'go mbuailfidh tú isteach le go gcloisfidh mé do nuaíocht…'

'Tiocfaidh,' arsa an Sgeilbheag. Ach ba é a dúirt sé leis féin, 'Ní thiocfaidh, ní chreidim go dtiocfaidh…'

I ndiaidh dó a bheannacht a ghabháil le Cailean, ghabh sé ar a shlí.

Thug sé dhá nó trí lá á dhamnú féin cionn is nach raibh feidhm ar bith ann ar dhóigh nó ar dhóigh eile.

Chodail sé lá is oíche gan cor a chur de. Ar seisean leis na bróga, 'Cad chuige a raibh mé díreach chomh cloíte sin?'

D'fhreagair na bróga donna. Ar siadsan leis, 'Chaith tú leath lae in éindí le 'Cailean Cò Th'ann ach Mi', agus, a Sgeilbheag, sin agat an tuige.'

An Fear Naimhdeach Nimhneach

'Níl a fhios agam cad é a tharla ansin?'

'Tharla go leor rudaí ansin.'

Bhí an oíche ann agus bhí an Sgeilbheag ina chodladh faoi chrann, is na bróga donna mar bhabhstar faoina cheann, bhris siadsan isteach ar a shuaimhneas leis na focail 'Dúisigh! Dúisigh!'

'Dúisigh!' arsa na bróga, 'is tú i gcontúirt do bheatha.'

Bhain sin bíogadh as, eisean a bhí ina chodladh go trom. Mar a bhuailfeá do dhá bhois ar a chéile bhí sé ina shuí agus buille a chroí ina chluasa. Bhí an oíche chomh dubh le pic. Níor léir dó a lámh os a chomhair amach. Is ní raibh smid ghaoithe féin ann. Bhí na héin ceann-faoi-sciathán ina dtoim is ina gcúlacha féin. Bhí cineál de chalm ar an domhan mór.

'Cad é an chontúirt?' arsa an Sgeilbheag. 'Tá an oíche chomh dubh dorcha le coire tarra – ní fheicim a dhath agus ní fheicfear mé, cad é, mar sin, atá sibh a rá? Ligígí dom codladh, nó is mé atá tuirseach,' ar seisean, agus shocraigh sé a cheann arís ar na bróga donna.

Ach dheamhan néal a chodail an Sgeilbheag. Bhí an codladh i ndiaidh a thréigean. Shuigh sé.

'An gcluin tú a dhath?' arsa na bróga.

'Dheamhan a dhath,' ar seisean, 'ach an chailleach oíche ag screadach ar a dícheall.'

'Cad é eile?' ar siadsan.

'Daol ag gluaiseacht ar urlár na coille.'

'Cad é eile?'

'Buille mo chuisle.'

'Cad é eile?'

'Sin deireadh.'

'Nach gcluin tú ar chor ar bith géaga á mbriseadh is corréan ag éirí le cleitearnach sciathán?'

'Níl mé cinnte cé acu a chluinim nó nach gcluinim,' arsa an Sgeilbheag.

'Seas,' arsa na bróga donna, 'tá rud éigin ag teacht.'

'Cén sórt ruda?'

'Níl a fhios: b'fhéidir go mbeadh sé i riocht beithígh, b'fhéidir i riocht duine.'

'Cad chuige? Ní dhearna mise a dhath ar aon duine.'

'Fág uait na bróga donna. Bain na hiallacha astu. Ceangail miodóg na Caillich le ceann do bhata darach. Le snaidhmeanna nach ngéilleann. Dhá thuras agus dhá thuras dhúbailte.' Ní dhearna na bróga donna óráid chomh fada le tamall maith.

'Taobh thiar díot,' arsa na bróga, 'tá fearann d'athar. Má éiríonn leis an rud seo dul tharat triallfaidh sé caol díreach ar d'athair, an rí. Caolóidh sé isteach mar scáil idir an lá is an oíche sula ndéantar an geata, nó mar dheannóg dheataigh idir an oíche is an lá nuair a osclaítear é.'

Rinne an Sgeilbheag mar a iarradh air. Ach ghearr sé a lámh le deifir agus driopás, toisc an t-adhmad a bheith chomh crua is a bhí, is thit sruth fola go talamh.

116

'Agus cad é dá rithfinn, cad é dá rachainn i bhfolach?'

'Fiú dá rithfeá is fiú dá rachfá, ní dhéanfadh sé maith ar bith duit. Mharódh sé thú cibé ar bith, is bheadh do chnámha is d'inchinn is an chuid eile díot scaipthe ar fud na háite.'

'Cad é an gnó atá agamsa leis, nó aigesean liomsa?' arsa an Sgeilbheag.

'Níl a fhios,' arsa na bróga donna, 'ach seo an t-am agus an áit.'

'Leis an fhírinne a insint daoibh,' arsa an Sgeilbheag, 'tá crith tríom go léir agus dioth im' fheoil.'

'Nílimidne ina dhiaidh sin ort,' arsa na bróga, 'is go dearfa nílimid ag iarraidh a bheith i d'áit.'

'Níl oiread lúith ionam agus a choinneos i mo sheasamh mé – cad é mar a bheas mé in ann dul i ngleic leis seo?'

Sheas an Sgeilbheag sa dorchadas, is ní raibh ag éirí leis smacht a choinneáil air féin. Gach údar eagla a bhraith sé lena linn, gach ga guaise, an uile phioc sceimhle is uafáis is uamhain a rinne stangaire de riamh, agus tuilleadh lena gcois – chruinnigh siad ina lár in aon bhailc amháin. Lig sé éamh as mar a dhéanfadh leanbh. Ba mhian leis a bheith marbh. Agus go slogfadh an talamh é díreach mar a bhí sé, é féin is an bata darach agus miodóg dhealraitheach na Caillich Críon ceangailte de le snaidhmeanna nach ngéillfeadh, dhá thuras agus dhá thuras dhúbáilte.

Óir chuala sé, i bhfad i bhfad as, géaga á mbriseadh is corréan ag éirí le cleitearnach sciathán, agus rud éigin nó duine éigin ag teacht de dheargruathar faoina dhéin. Rud éigin nó duine éigin a raibh rún báis aige dó ó thosach is ó thús. Agus a rachadh a shatailt ar choróin an rí mura dtiocfaí roimhe.

'Is ionann liomsa anois mo bheo nó mo mharbh,' arsa an Sgeilbheag, 'agus fiú más béist as íochtar ifrinn thú, tabharfaidh mé aghaidh ort.'

'Sin tú féin, a thaisce,' arsa na bróga donna – an chéad uair is an t-aon uair a chualathas a leithéid acu. 'Téigh amach anois i lár na buaile sin, áit nach bhfuil crann ann, agus cleacht thú féin leis an áit. Bí gléasta. Bíodh do chosa go daingean fút. Cruinnigh chugat neart do shinsear.'

Sheas an Sgeilbheag mar ar dúradh leis, agus é costarnocht. 'Mo bhuíochas libh,' ar seisean leis na bróga. An dá luas a lig sé na focail sin as a bhéal, chuala sé sórt siosarnaí is léim an rud mór dubh amach ar a dhroim.

Chuaigh an Sgeilbheag síos ar leathghlúin, is fuair sé faoi. Bhí greim teann aige ar an mhaide darach, is an mhiodóg arna ceangal de, agus sháigh sé sin suas i meanach an bheithígh mar a bhí ar a chumas. D'aithin sé go ndearna sé díobháil agus go ndeachaigh sé domhain. Óir shil sruth fola lena cheann is lena shúile.

Bhí an beithíoch anois ar mhalairt chrutha, chomh fada is ba léir don Sgeilbheag. Is é a bhí ag teacht chuige anois ná carraig de dhuine mothallach dorcha a raibh neart triúir ann. Chroith an Sgeilbheag an fhuil as a shúile is nuair a léim an púca air arís, d'éirigh leis barr na miodóige a chur isteach ina ghualainn. Is arís isteach i dtaobh an mhuiníl. Caithfidh sé go raibh cumhacht i miodóg dhealraitheach na Caillich Crìn. An beithíoch a bhí goineach, gonta, gangaideach, ghoid sí a neart. An bhéist a bhí fíor-iargúlta, borb, ainchneasta, bhuaigh sé ar a naimhdeas is ar a nimh le trí bhuille.

De réir cosúlachta, ba é an rud a bhí aige anois, agus a bhí fós sa tóir air, ná duine cosúil leis féin. Ach go raibh sé dorcha, mothallach agus nach dtiocfadh tuirse air. Ba é a bhí acu anois ná gleic is sá is radadh is coinscleo is buille is tailm is tachtadh is teannadh is fáscadh.

Bhí an mhaidin ag bánú san aird anoir faoin am seo, agus chonaic an Sgeilbheag go han-mhaith cé a bhí aige – duine dorcha, balbh, mothallach, trom-mhalach nach ndéanfadh gáire is nach n-éireodh tuirseach. In áit maolú is amhlaidh a ghéaraigh an spairn. Go dtí gur éirigh ceo díobh, is go raibh siad chomh te sin is go raibh an féar ag gabháil tine faoina gcosa is craobhacha na gcrann á loscadh nuair a bhuaileadh siad isteach iontu.

'Ó bhuel, a thaisce,' arsa an Sgeilbheag, 'más mian leat coinneáil ort fad an lae, seasfaidh mise leis.' Agus choinnigh siad orthu go raibh an ghrian in airde. Thosaigh éadach an Sgeilbheag a loscadh is a lasadh, agus stad siad san aon am amháin agus d'éirigh as. D'imigh an fear mothallach isteach chun na coille de chéim spadánta is níor amharc sé ina dhiaidh. Léim an Sgeilbheag amach i lár srutháin agus d'fhan sé ansin gur scoir an t-uisce de bheith ag gabháil timpeall air.

Faoi dheireadh thall thréig an teas an Sgeilbheag, i ndiaidh dó é féin a fholcadh dhá nó trí huaire. Agus luigh sé an uair sin is a cheann ar na bróga donna, agus thit sé i dtámh nár dhúisigh sé as go ceann trí lá.

Nuair a dhúisigh sé, ní raibh ball dá chorp nach raibh tinn, cráite. Nuair a tharraing sé a anáil, bhí a easnacha ciorraithe. Nuair a sheas sé ar a chosa ba ghann gurbh fhéidir leis dhá chéim a thabhairt.

An Filleadh

Nuair nach raibh an Sgeilbheag ag teacht mar a gheall sé, agus lá is bliain i ndiaidh dul thart, agus crónú na hoíche ann, thit dorchadas mór ar an rí. Bhain sé de a choróin óir. Chuir sé luaith ar a cheann. Shuigh sé síos ar an talamh. Le fíorshíothlú an lae, áfach, is réalta an tráthnóna ina hionad dílis féin, nár scairt an fear faire go raibh duine éigin i ndiaidh nochtadh ar imeall na spéire.

Léim an rí ar mhuin eich is amach leis mar a bheadh gaoth rua an Mhárta ann. Nuair a chonaic sé an Sgeilbheag, a bhí ag siúl go bacach ina sheanbhróga donna, bhroid sé an t-each agus thriall faoina dhéin. Rug sé air ag dul thart dó is tharraing suas é ar a bhéala ar mhuin an eich mhóir, is níor ghliogarnach go dtí sin é, ag crúba an eich úd ag tuargaint a mbealach isteach ar chlár an droichid darach. Is níor ghairdeachas is subhachas go siúd é i bpálás an rí, agus as sin amach go críocha imeallacha na ríochta.

Gairmeadh coirm a mhair fad coicíse, is chuaigh cuireadh fial amach go híseal is go huasal araon. Chruinnigh siad ann as gach cearn is cúinne is ciumhais.

Craobhscaoileadh an nuacht is thriall siad ina sluaite ó na ceithre hairde. Ag marcaíocht go státúil chun an pháláis, tháinig corrthiarna ardurramach is dos cleiteacha ar croitheadh i mbarr a chlogaid. Lena chuid eachra is lena chuid laochra, mustar ina siúl is móráil ina ghnúis.

Lucht dánta is duanta tháinig siad ann, cruitirí is cláirseoirí, fonnadóirí is damhsóirí, rífhilí is éigsíní, is léimeadóirí a léimfeadh trí fháinní agus cloig bheaga ceangailte lena muineál is le caol a lámh. Meirligh is meisceoirí, bréagadóirí go smior, an uile mhac máthar acu, cam nó díreach a gcéim. Cuid acu a dhíolfadh a seanmháthair ar leithphingin. Fluncaithe den uile ghrád is gné, agus floozies den uile chineál – nocht siad ann faoin iliomad riocht. Chruinnigh siad ann, sean is óg, slán is easlán, ní dhearnadh dímheas orthu, ná leithcheal, seachas a chéile. Tháinig siad an tslí ann, dá dtiocfadh leo ar chor ar bith, lucht othrais is lucht anacra.

Tháinig siad mar ab fhearr a thiocfadh leo, daoine créachta is leonta agus claonairí cama, daoine beaga bladhmannacha de shearradh fada, daoine móra séimhe de chéimeanna beaga, daoine meánacha de cosa creathacha, cláirínigh ar dhrochdhóigh, cnámharlaigh ar dhrochdhreach, buarthóirí agus bóibéisithe, taistealaithe bochta gan cheann scríbe, dílleachtaí neamhchumhra gan bhaile, bodaigh throma ina mbeirt is ina dtriúr, raimeálaithe riabhacha an chairn aoiligh fhairsing, madaidh strae nach ndearnadh peataireacht orthu. Agus mná áille nach gceannódh an t-ór, agus laoich ag damhsa leo ó mhoch go dubh fad lae is oíche go gairm coileach – tháinig siad uilig agus shuigh siad fán bhord.

Rinneadh coscairt ar laonna is ar mhoilt is ar mhuca is ar chearca is ar choiligh is ar lachain is ar ghéanna, is níor spáráladh beoir láidir is fíon dearg le hól.

Ní fhacthas a leithéid ó ní fios cá huair, níor chualathas a leithéid ó Dia atá a fhios cá huair, agus nach é sin críoch an tseanchais.

Ach amháin seo, sula dtéann na cait a dhamhsa agus sinne go suan: gur bhraith an Sgeilbheag uaidh na bróga donna, i lár na coirme.

Ní raibh tuairisc ar na seanbhróga thall nó abhus, go hard nó go híochtarach.

Iadsan a bhí i ndiaidh éirí beagán róbheag dó.

A bhí pollta, a bhí giobalach, a bhí salach, a d'iompair is a stiúir é tríd an iomad gábh – d'éalaigh siad le solas an lae nuair a bhí daoine ina luí thall is abhus is iad ag srannfach, is aislingí trioblóideacha ag buaireamh an spioraid is ag cur cor ina n-éadan.

Is ní fhaca an Sgeilbheag iad a thuilleadh. Agus sin agat a bhun is a bharr.

An Sleapan

Sula raibh na tithe riamh ann, bhí Cloch an Truiseil ann, ansiúd ina staic agus a cheann le haer. Sular nocht long fhada as Tír Lochlainn, bhí sí ina seasamh i dtaobh thiar Eilean Leòdhais. Sula raibh an Ghàidhlig ann, bhí sí ina péirse ag an druideog. Agus sula raibh soiscéal féin ann, bhí sí ina crann cinn glas ansiúd, is an crotal i dtús fáis ar a sleasa.

Téann an chuid is mó dínn ar cuairt chuici in am éigin, á fáinneáil is á tomhas lenár súil, is ag dul ár slí. Bíonn na Gaill ag teacht fosta, ag déanamh umhlaíochta.

Ag Dia atá a fhios cén dream a chuir ina seasamh í, nó cá huair. Agus cad é an draíocht a mhisnigh is a neartaigh fuil is féith lena tabhairt chun críche.

Creidim go bhfuil suas le fiche troigh inti. Cá mhéad troithe atá thíos faoin talamh ní leomhfainn a rá, ach b'iontach mura mbeadh ceithre throigh eile ann ar scor ar bith. Óir, a thaisce, tá sí téagartha, toirtiúil, trom agus bíonn a leithéid de thoirt ag iarraidh boinn. Óir tá a gualainn le haer riamh. Níor lúb sí ar thaobh ná ar thaobh eile. Ach sheas sí mar a bhí trí na haoiseanna, ó ghlúin go glúin, is níor chorraigh.

Níor chaith dhá mhíle bliain de thuilte í, níor bhris an tintreach a ceann. Thug sí dúshlán na gaoithe aduaidh nuair a theilgeadh sí flichshneachta, is ní dhearna an sioc í a scoilteadh ach oiread. Ach bhí sí calma, bhí sí neamhchorraitheach. Céile ní raibh aici. A diongbháil níl le fáil: leacht na sinsear nach bhfuil scéal orthu agus atá sínte in áit aineoil, agus scaipthe ar feadh urlár na farraige.

Anois, níor chuala mise, agus is maith liom nár chuala, gur cuireadh tine faoina bun, nó gur cuireadh spád nó cró-iarann dána síos sa talamh ina haice, nó dréimire mór suas ar a bráid. Ligeadh di. Agus tugadh di an urraim sin a bhíonn tuillte ag seanóir nó cailleach ar bith a fuair saol fada lán de bhlianta. Ach díreach go mbeadh páistí ag súgradh agus ag pramsáil timpeall uirthi, an fheannóg ina luí uirthi agus strainséirí ag teacht ag amharc uirthi as an uile chearn den domhan. Agus má bhíonn gasúr mímhúinte ag caitheamh cloch léi corruair, cad é an difear.

Ní chluin tú mórán daoine anois ag caint ar Iain Thormoid Dhòmh' Ruaidh – an Sleapan – cé nach bhfuil sé i bhfad ó bhásaigh sé. Is é rud go sílfeá nach raibh a leithéid riamh ann.

Ní fios domsa go cinnte cad chuige ar tugadh 'an Sleapan'* air. De réir a mháthar, ba é an rud a bhí ann gur chuir sé sleapan isteach ina chluas agus é i Rang a Dó. Cuireadh faoi dhéin na banaltra é agus d'imigh sé chun an bhaile agus é ag caoineadh go nimhneach.

Ach...tá...bhí Katie Mary, a dheirfiúr, deimhin de gurb ise a thug 'an Sleapan' air, cionn is nach raibh oiread feola air is gurbh fhiú trácht air. 'Chomh caol le sleapan' – sin focal nach gcluin tú inniu. Ach an uair úd bhíodh scláta agus sleapan ag gach páiste scoile.

Bhí teach Thormoid Dhòmh' Ruaidh gar go maith don chloch agus, le linn dó a bheith ag fás aníos, thugadh an Sleapan corrchuairt uirthi, ceart go leor; bhí a fhios aige a leithéid a bheith ann, ach an bhfuil a fhios agat... tá...is iontach an rud é an seanchleachtadh: ...ní bhíodh sé – is é, ní bhíodh sé á tabhairt faoi deara, mar a déarfá... Go fiú an spéir in airde, dar linn gur beag is fiú í, sin agus an drithlín gréine ar uachtar na mara a bheadh ina míorúiltí ag an dall, dá bhfeicfeadh sé iad.

Ó thaobh Iain Thormoid Dhòmh' Ruaidh anois, tá – más í an fhírinne atá sibh ag iarraidh, bíonn sí searbh ar uaireanta. Ina ghasúr dó, bhíothas ag tabhairt meas fágálaigh air. Bhí sé beagán slítheanta agus beagán ceilteach. Bhí drochnádúr ann. Bhí sé lán gearán. Ní raibh sé maith dá dheirfiúr. Ní raibh sé fial. Ní raibh sult ná siamsa ann. Ní thógfadh sé do chroí. Ní dhearna sé an bhantracht óg a shuaitheadh mórán, agus is beag an suaitheadh a rinne siadsan airsean. Is é rud go measfá é a bheith beagán mionda, fann ina cholainn is ina chaint. Ní thabharfadh sé lámh chuidithe duit an uair a bheifeá ina éigean. Ina leanbh, agus go háirithe ina stócach – is ea is ó tháinig sé i méadaíocht: cé air a bhfuil mé ag caint – théadh sé i gcorraí faoi rud an-suarach. Abair go ndeachaigh a bhróg i bhfostú i rud éigin agus gur baineadh tuisle dó. Abair go ndeachaigh a chos ar fiar: sin an uair a ligeadh sé scaoth scáfar mionnaí móra as: 'An diabhal mór de bhitseach.'

Is dá mbeadh poll móna deacair á lomadh aige: 'Íochtar ifrinn ort!' a scairteadh sé, agus é ag gabháil do na sleasa is do na dromanna leis an spád agus á caitheamh uaidh ansin go lúfar. Nó dá bhfaigheadh Katie Mary, a bhí dhá bhliain níos sine ná é, ubh ba mhó ná an ceann a fuair seisean, bhíodh sé sin ag cur air. Nó dá bhfaigheadh seisean scadán lábánach agus ise scadán eochrasach...Bhíodh rudaí i gcónaí ag dul ina aghaidh. Bhí Am agus Cinniúint ag cur air, ag féachaint le é a thuirsiú agus clabhstar amach is amach a dhéanamh de, agus an uile ní chomh diabhalta deacair gach uile lá riamh.

Ní mar gheall ar an Sleapan, ach mar gheall air féin, a rinne Dòmhnall Iain an Insurance an dán 'Trioblóidí Beaga an Chine Dhaonna.' Ach go deimhin, fóireann sé go maith don Sleapan. Go brách síoraí, ní thiocfadh liom é a chur i bhfriotal níos fearr. 'Ó' arsa an bard:

Nuair a chacas faoileán ón spéir in airde ort,
do d'ungadh lena chuid scairde,
is éadroime baileach ar sciath í,
chuile heite di go cladach ag iarraidh;

ná tusa, a spágaire bhoicht gan iúl,
ag triall chun an bhaile trí na sráideanna cúil.

Nuair a thig tochas idir do mhásaí,
'S tú amuigh don chéad uair le compánach mná,
sa mhullach ar rud eile tarlú duit,
nuair a thig rud amháin, tig dhá rud:
inniu féin bhris iall do bhróige,
a chuaigh ina chac idir do dhá chrobh.

Nuair a théann cuileog sa lemonade ort,
's é eighty degrees in the shade, is dóigh,
's tú díreach i ndiaidh an ghloine a líonadh,
rud atá, dar leat, ina chúis ionaidh,
nuair atá íota tarta 'do thachtadh
nach iontach an saol is nach doiligh a smachtú.

Nuair a théann biorán isteach san ordóg agat,
's steallann uisce an ghogáin anuas ar do bhuatais,
abair an uair sin na paidreacha gnách'
is cinn níos blasta nár chuala do mháthair agat,
's mar a théann cú brónach faoin bhord i bhfolach,
codail sa lá agus dúisigh le gealach.

'Ó cad é a dhéanfas mé libh!' a scairteadh baintreach Thormoid Dhòmh'
Ruaidh leis an bheirt chlainne, agus iad ag sciúrsáil is ag brostú a chéile
gan stad. 'Ó ní bheadh sibh mar atá sibh dá mbeadh bhur n-athair beo
– ní bheadh go deimhin.'

Agus deireadh sí na seanfhocail chéanna a deireadh seisean i gcónaí, agus
na scéalta céanna agus na rabhaidh chéanna. Rudaí a bhí iontu a deireadh

sé chomh minic sin is go mbíodh sí féin i ndeireadh a foighde leis in amanna is go ndeireadh sí, 'Má chluinim sin uair amháin eile uaidh is baolach go ligfidh mé mo sheangholdar asam.'

'Is beag duine i measc an tslua,' a deireadh sí, 'a fhaigheann bua air féin.' 'Buail do choileán agus is chugatsa a thiocfaidh sé.' 'Is cuma leis an ghrá cén áit a dtiteann sé.' Agus 'Is maith an brachán a bheith istigh.'

'Cad é a tharlós daoibh nuair nach mbeidh mise agaibh níos mó – beidh sibh mar a bhí deirfiúracha Shanndabhaig ann.' Agus d'insíodh sí arís an scéal a d'insíodh a fear.

'San aois seo a chuaigh thart, nuair a bhí an Béarla ina chraplachán ag imeacht ar leathchos ar feadh na nEileanan an Iar, agus an Ghàidhlig fós ag rith is ag léimneach i bhfad chun tosaigh air, bhí beirt dheirfiúracha ina gcónaí le chéile i Sanndabhaig.

'Ní raibh siad ag réiteach le chéile,' arsa baintreach Thormoid Dhòmh' Ruaidh, 'is de réir cosúlachta ní bheadh siad ag réiteach le chéile choíche. De réir mar a bhí na blianta ag dul thart, ní ag éirí níos fearr a bhí siad.

'Faoi dheireadh, ní raibh siad ábalta anraith an Domhnaigh a ól gan dul in achrann. Fad is a bhí an t-anraith ar an tine, bhíodh sreang ag bean acu lena leadhb feola féin, agus é ceangailte aici le hanla an phota. Thiocfadh léi mar sin a cuid féin den fheoil a tharraingt amach as an phota is a chur ar phláta uair ar bith a thograíodh sí.

'Bhí deartháir dóibh ina chónaí píosa síos an bóthar. Thagadh sé isteach ar céilí is bhíodh siad á mhaslú go nimhneach. "Ó a chailíní," ar seisean, "más mar seo atá sibh agus sibh in aontíos is scaradh atá i ndán daoibh."

'Ar seisean leis féin, "Tá an t-ord cloch is agamsa sa scioból ar bharr an bhalla, agus clúmh liath air. Agus is mithid domsa é a ghlanadh agus dreas saoirseachta a dhéanamh leis."

'Amach leis. Thug sé súil timpeall, is sula ndéarfá "Nebuchadnessar Rí na Bablóine," bhí mo dhuine i ndiaidh suíomh a roghnú a bhí cothrom, cuí. Sula raibh an ghealach úr cruinn nó dulta ar gcúl, bhí an dara bean de na deirfiúracha i mbothán beag léi féin.

'Cé go raibh achan fhearas sa bhothán, agus an tuí breá tiubh á fheistiú go teann ag ancairí is rópaí, agus é chomh seascair ar an taobh istigh is a d'iarrfadh duine, ina dhiaidh sin is uile bhí sí ina haonar, gan duine beo lena ndéanfadh sí cúpla focal comhrá moch nó anmhoch – agus féachaigí sibhse air sin anois,' a deireadh sí, 'agus cuimhnígí air.'

Bhí teach Thormoid Dhòmh' Ruaidh tógtha ar fiarsceabha – mar a bhí go leor leor tithe eile. Le nach mbeadh an bord bia ar leathmhaing, bhí dhá dhing mhaide istigh faoi chosa deiridh an bhoird. Murach sin, bheadh an tae cam sa chupán, an brachán cam sa bhabhla. Agus bheadh an t-anraith ag scaoileadh amach go himeall an phláta, rud a chuirfeadh a shonas is a shaoráid amú ar dhuine ar bith, bíodh ocras air nó ná bíodh.

Gach uair a théadh ceann de na maidí sin amach as áit, b'in an bord corrach míshocair, agus smut ar gach duine thart air.

'An diabhal ar an bhord ghránna sin,' a deireadh Iain.

'Fuist, anois,' a deireadh an mháthair, is chaitheadh Katie Mary místá ar an Sleapan.

'Nach mbeadh sé i bhfad níos fearr, in áit na maidí mallaithe sin, dá ngearrfainn píosa de chosa cheann an bhoird leis an sábh.'

'Ó…níl a fhios…' arsa an mháthair.

'A mháthair, ná lig dó,' a d'ordaigh Katie Mary.

Ach faoi dheireadh thug an tseanbhean cead. 'Stróic leat, mar sin,' ar sise.

Chuaigh an bhean chuig an tseirbhís sheachtainiúil, is sula ndéarfá 'Dara Litir an Aspail Phóil chun na gCorantach,' bhí an bord ag a ndearna Iain altú go mion is go minic ar a dhroim díreach, agus thosaigh an tsábhadóireacht. Bhí an Sleapan cúig déag nó sé déag an uair úd. Seo am de shaol an duine ina mbíonn an tútachas is aineolas, an cheanndánacht is drochnádúr ag oibriú ann go tubaisteach. Ba i dtrátha an ama seo a chuaigh sé ag tarraingt ar chopóg a bhí ag fás thuas tríd an bhalla in uachtar an sciobóil. Thug sé faoi, ach níor éirigh leis.

'An é go bhfuil tú ag rá nach dtiocfaidh tú?' ar seisean leis an chopóg, agus an fhuil ag dul ina cheann.

Bhris an chopóg ina dhá leath. Thit seisean i ndiaidh a chúil agus thit sé ón bhalla. B'iontach nár bhris sé a mhuineál. Fuair sé buille agus b'éigean é a chur a luí.

Bhí an bord is a chosa ina airde aige sa teach. Ní raibh iomrá ar thomhas ná ar pheann luaidhe, ach thug sé faoin bhord le sábh mantach agus driopás. Faoin am a raibh an bord cothrom aige is ar éigean a rachadh do dhá shliasaid isteach faoi.

'Ó, a thiarcais…a mháthair…amharc ar an bhord,' arsa Mary Katie, agus í ag dul a chaoineadh.

'Mo chreach, a ghasúir, cad é a rinne tú,' a scairt a mháthair leis, 'nó cad é a bhí i d'aigne ar chor ar bith?'

'Is cuma cad é,' arsa baintreach Thormoid Dhòmh' Ruaidh, 'nach mé an óinseach a lig duit an chéad lá riamh.'

Blianta ina dhiaidh sin, nuair a théadh Katie Mary in adharca leis, seo an sórt ruda a gcuimhníodh sí air. Agus ní thabharfadh seisean maithiúnas dise nuair nár thug sí cabhair dó oiread agus uair amháin sa scoil, nuair a bhíodh an Plugan agus Doilidh a' Chandal ag cur crua air.

Bhaineadh Doilidh a' Chandal an scilling as an phóca aige. Nó thagadh sé féin léi gan iarraidh, crith ina lámh agus í á híobairt aige dóibh, le go bhfaigheadh sé faoiseamh. Ag teacht as an scoil lá, agus iad ag éalú rompu, thug siad air dul go siopa Mhàiri agus bosca cipíní a cheannach leis an dá scilling a bhí aige ina phóca. Nuair a d'fhill sé leo, las an Plugan ceann de na cipíní is chuir sé an bosca go léir ar thine, agus theilg i ndíog an róid iad.

Lá breá a bhí ann. Bhí na claiseanna tachta ag bláthanna agus thuas áit éigin sa spéir bhí an fhuiseog ag doirteadh amach a raibh ina chroí. Is dual do bhuachaillí a bheith borb. Dorn sa phus. Súil an iolair thar a chríocha féin. Ach is é rud go raibh Iain ina aonar i bhFaoilligh na bliana sin, mar a bheadh copóg chrua-chranraithe ann.

Blianta ina dhiaidh sin, bhuaileadh Iain a cheann lena bhos is deireadh leis féin, 'Ó, cad chuige a ndeachaigh mé chun an tsiopa dóibh? Agus ó, cad chuige nach raibh mé foighdeach leis an bhord?' Agus dá mbeadh réabadh éadaigh san fhaisean, agus sac-éadach is luaith, níl mise ag rá nach…

Nuair a tháinig cogadh Hitler ní raibh Iain in aois. Ach i 1944 fuair sé litir le clúdach donn sa phost. D'amharc sé uirthi agus chaith sa tine í. Fuair sé ceann eile is chonaic a mháthair í.

Chuaigh sé go *Physical* thall i Masonic Hall Steòrnabhaigh. Ní raibh an dochtúir díreach cinnte faoi. Is ar fíoréigean a rinne an Sleapan cúis – go háirithe ó thaobh radharc na súl de. Dúirt sé go dtriallfadh sé an Cabhlach.

Ní raibh sé riamh ar aistear mara. Ní raibh ann ach dhá thuras amuigh ar bhád rámhaíochta. Thíos i Portsmouth b'éigean do bheirt ghasúr na Loch scaradh leis nó bhí siadsan ag dul go Southhampton is go Devonport. Thréig an codladh é. Ba ionann dó ag éirí agus ag dul a luí, gan a shúile a dhúnadh. Ní choinneodh sé bia ina ghoile. Chuir duine éigin turbard i lár na leapa aige. D'fhuáil siad cos a bhríste. Chuaigh sé trína intinn, mar a théann ga gréine trí pholl garraidh, go gcuirtear an chos síos idir éadach agus líneáil an bhríste, cé go raibh a fhios aige nach bhféadfadh sin a bheith ceart. Thosaigh sé ag feiceáil aghaidheanna ar an bhalla san oíche. Nuair a dhéanadh sé a bholg a fholmhú ní bhíodh ann ach uisce agus cúr. Tugadh chun an dochtúra é. Bhí crith air, agus meadhrán. Níor éirigh leis mórán ar bith de na litreacha a bhí thuas ar an bhalla a léamh.

Fuair a mháthair litir ag rá go raibh drochdhóigh amach air.

'Ó,' arsa baintreach Thormoid Dhòmh' Ruaidh le hIain Tom, a bhí ina Sheanóir san Eaglais Shaor, is a bhí muinteartha dóibh, 'is iontach mura mbeidh ort dul go Sasana á iarraidh dom.'

'Ó, a ghrá ort,' arsa Iain Tom, an té a ghearradh cuid gruaige an Sleapan, 'ná bíodh eagla ar bith ort.'

Bhí an Sleapan ina shuí ina pyjamas. Níor chorraigh sé nuair a nocht Iain Tom. 'An tú féin atá ann, a Iain,' a dúirt sé i ndiaidh tamaill. Ba ó íochtar a ghoile a labhair sé, is tháinig sé amach ar a bhéal ar dhóigh éigin.

Nuair a tháinig Leòdhas ar amharc acu, agus iad ina seasamh ag an ráille, chrom an Sleapan a cheann agus bhris a ghol air. 'Mo chreach, ó mo chreach,' ar seisean.

Agus sin mar a chlis ar néaróga Iain Thormoid Dhòmh' Ruaidh le linn an chogaidh.

'Nach iontach an rud é, a Iain,' arsa máthair an tSleapain le hIain Tom, 'tusa a bheith i gceart i ndiaidh leonadh is ciorrú is clábar an Chogaidh Mhóir, agus Iain s'againne ina chonablach nuair nach ndearna sé ach dul go Sasana.'

Thug sé tamall air sula ndearna sé a dhath. Bhí sé óna chodladh. Bhí aghaidheanna ag coimhéad air ó na ballaí ar feadh na hoíche. Rinne sé brionglóid go raibh Sátan ag siúl ar mhóinteach Bhuirghe, ag spaisteoireacht amuigh ansin ar Lá na Sabóide agus é ag feadaíl. Dúirt sé lena mháthair go ndeachaigh dhá luchóg mhóra thairis san iothlainn agus fonóid ina ngnúis leis. Dá n-íosfadh sé rud ar bith, thiocfadh loscadh brád air a bhí te, te.

Bhí an Sleapan riamh mochéiríoch, is bhí sé mar sin i gcónaí. Ach cé go n-éiríodh sé, ní bhíodh mórán feidhm ann. Bhí ag Katie Mary le dul a shaothrú na gcúpla pingin a bhí de dhíth orthu. Nuair a bhisigh sé agus nuair a chuaigh beagán blianta thart, labhraíodh sé ar am an chogaidh, corruair. Oíche na Bliana Úire, is dócha, agus tiúin mhaith air. Labhraíodh sé le fear éigin den mhuintir óg. 'Nuair a bhí mise i Sasana, na soithigh a chonaic mise amach is isteach as Portsmouth agus ag seoladh ar an Solent.' Ar ndóigh, is dócha go ndéarfadh sé 'Níor shíl mé féin mórán de Shasana.'

Agus d'fhágadh sé féin is cách mar sin é.

Thosaigh Katie Mary ag obair sna hotels. Thug sí sealanna ag saothrú in Crieffs in Inbhir Nis, i nDùn Omhainn agus i St Fillians. Bhí sí ar bís go dtógfadh siad teach.

Chomhairligh Iain Tom dó seol a fháil. 'Mura ndéanfá,' ar seisean, 'ach bréidín sa tseachtain, nó ceann go leith.'

Chroith an Sleapan a cheann.

'Ó bhí do shin-seanmháthair ar thaobh d'athar ag feiceáil rudaí,' arsa a mháthair, 'agus ag comhrá léi féin. An rud a bhí aicise ina gift, is mar thinneas a d'éirigh sé duitse.'

D'fheiceadh í siúd crócharnaid in idirsholas an tráthnóna. Nuair a bhíodh an ghealach creimthe go seanaibhleog os cionn na gcnoc, d'fheiceadh sí taibhse ag leanúint an tseanróid.

Chuaigh Dòmhnall Ruaidh suas chuici le cupán tae an mhaidin áirithe seo. 'Ó,' ar sise leis, 'tá duine éigin ag dul a fháil bháis.'

'Féadfaidh tú a bheith cinnte de sin,' arsa Dòmhnall, nach mbíodh freagra i bhfad uaidh in am ar bith.

'Agus, a ghrá ort,' ar sise, 'ní hé mise ná mo leithéid a bheidh le caoineadh. Is é a bheas ann gol goirt agus gol crua.'

Trí lá ina dhiaidh sin, nó is dócha ceithre lá, iníon óg Sheumais, a bhí chomh breá le húll, bhásaigh sí ina codladh. Stad a hanáil. Shíothlaigh an dath as a grua.

Bhí uncail ag an Sleapan i gCeanada – Calum Beag – agus má bhí duine ní ba dheisbhéalaí orthu siúd a sheol in éindí leis ar an *Màrloch* níor chuala muidne trácht air. Agus má bhí duine ar an *Mhetagama* a bhí chomh hathartha le Calum Beag Dhòmh' Ruaidh – bhuel, níl a thuairisc ann.

Chaith sé seal ag obair ag feirmeoir i Saskatchewan agus ag fear eile i Manitoba. Chuireadh sé sonrú sna rudaí a bhíodh de dhíth orthu. Thosaigh sé ag taisteal le cineál de veain mhór. Ní raibh a dhath nach raibh aige.

Maidí briste, spáda, miotóga oibre, foclóirí, Bíoblaí, hataí, stocaí síoda, rópaí is téada, leabhair scoile, veasailín, siosúir, cró–iarainn, cloig – you name it, bhí seans maith go raibh sé caite aige i gcúinne éigin i gcúl na veain.

D'oscail sé siopa i Winnipeg. Bhí fear as Nis agus fear as Càrlabhagh ag obair dó ansin, gasúraí nach ngoidfeadh oiread is biorán. Ach is é a thaitníodh leis a bheith ag triall is ag tarraingt ar fheirmeoirí, dream a raibh aithne acu air agus dream nach raibh.

An chéad bhríste siopa a bhí riamh ag an Sleapan – is ea, an chéad bhríste siopa a chonacthas riamh i mBail' an Truiseil, nach ó Chalum Beag a tháinig sé. An cháis Mheiriceánach a bhíodh acu aimsir na Nollag, nach ó Chalum Beag a bhí sí sin. Ach ní ligfeadh an faitíos do bhaintreach Thormoid airgead a iarraidh a thógfadh teach geal.* Cibé faoi sin, nár tháinig lá a rug an Sleapan air féin ag súil le Calum Beag bás a fháil agus a chuid airgid a fhágáil aige.

Bhí drochrún mar an gcéanna aige don Phlugan, agus do Dhoilidh a' Chandal. A bhíodh fós ag magadh air agus iad ag dul thairis, agus ag caochadh air.

Thagadh an drochsmaoineamh, d'fhaigheadh sé spléachadh air, agus théadh sé as radharc ansin, ar nós eireaball eascainne ag dul faoi chloch. Le linn dó a bheith ag foghlaim an dóigh leis an seol a oibriú, rinne sé an t-uafás eascaíní. Chailleadh sé a mhisneach is shuíodh sé ansin leis féin, uaireanta fada as a chéile.

Bhí sé ag iarraidh a bheith ina ghasúr maith. Thosaigh sé ag cromadh a chinn chun urnaí istigh sa tseid a raibh an seol ann, agus istigh sa chuibhreann. Uair ar bith a bhíodh a mháthair tinn is eisean a ghabhfadh an Leabhar. Fiú dá mbíodh Katie Mary sa bhaile, mar ní raibh léamh na

Gàidhlig aici. Léadh sé sliocht nó dhó agus salm. Bhíodh sé ag déanamh a ghutha ní ba chrua, is ag cur tiúin' ar a ghuth, agus é ag dul tríd mar sin. Ach is le hurnaí a chuireadh a mháthair críoch ar an obair i gcónaí. D'éiríodh siad ó na suíocháin, thiontaíodh siad agus théadh siad síos ar a nglúine.

Bhí brionglóid aige i dtrátha an ama seo go raibh sé amuigh ar an mhóinteach agus cé a chonaic sé ach Sátan ina shuí ar thom. Duine beag gránna le cluasa móra. Lom láithreach, lig an Sleapan air féin gur Iain Tom a bhí ann féin. Shiúil sé mar a shiúlfadh Iain Tom, an choisíocht chéanna agus a cheann claonta beagán ar thaobh amháin. Bhain sé an baile amach agus níor lean Sátan an duine seo a bhí faoi choimirce an Chruthaitheora.

Rinne sé brionglóid go bhfaca sé bád ag déanamh ar an trá is gan duine ar bith istigh inti. Oíche eile, chonaic sé dhá eala bhána áille ag titim marbh as an aer is ag tuirlingt béal fúthu go talamh. An oíche ina dhiaidh sin, thaibhrigh sé go raibh an bogha báistí a bhí riamh ina shólás dó le briseadh agus titim ina phíosaí. Chonaic sé nach raibh ann ach cailc is páipéar. Seo an aisling ba mhíofaire leis, nó b'ionann é agus briseadh an chúnaint a rinne Dia le clann na ndaoine i ndiaidh na Díleann. Agus ba ina dhiaidh seo, uair éigin, a rinne an Sleapan an t-aon phíosa filíochta a rinne sé lena linn. Níor scríobh sé riamh é. Is é rud go mbíodh sé á chanadh leis féin, sórt crónáin:

> Tá dorchadas mór ar mo chroí,
> dorchadas nach dtréigeann,
> tá dorchadas ar mo chroí
> nach dtréigeann.
> Tá dorchadas mór ar mo chroí,
> dorchadas nach dtréigeann,

Tá dorchadas mór ar mo chroí
a tháinig, is a d'fhuirigh dom' cheistiú.

Faoi dheireadh chuaigh sé a fhad le hIain Tom, a bhí muinteartha dó, is a bhíodh ag bearradh a chuid gruaige, agus dhoirt amach a raibh ar a intinn. Chuir Tom a lámh fána ghualainn. Chuaigh siad síos ar a nglúine. Lig an Sleapan d'urnaí Iain Tom dul tríd is thairis.

'A Dhia naoimh, táimid i do láthair an t-am i gcónaí. Agus táimid i ndóchas go mbeidh do spiorad dár dtreorú chugat. Tá dorchadas dár dtimpeallú ar an taobh istigh. Glóir duitse nach i ngan fhios duitse sin. Nár scaoil tú féin an uile shnaidhm atá ár gceangal le holc is le crá. A mhac na mbeannacht, tá grá thar insint agat dúinn.

'Beannaigh muid anseo tráthnóna anocht. Beannaigh Iain atá le mo thaobh. Go ndeonaí tú dúinn go ndéanfaidh sé áit duit féin ina chroí. Doirt do spiorad anuas air. A Dhia na ngrás, ná lig as muid choíche. Is ná lig dúinn dul ar seachrán, ach ceangail sinn leat féin trí Íosa Críost.

'Ná scar uainn choíche. Cú a chailleas a mháistir níl baile aige a rachadh sé ann. I d'éagmais, níl beatha ionainn, táimid mar a bheadh lóchán a scaipeas an ghaoth is a d'fhuadaíos sí roimpi. Glac trua dúinn. Tabhair Iain isteach faoi scáth do scéithe. Maith dúinn ár bpeacaí, coinnigh srian orainn agus an uile ní atáimid a iarraidh, is ar scáth Chríost. Áiméan.'

An Sleapan Arís

Bíodh urnaí Iain Tom ann nó as, bheireadh an Sleapan air féin agus sásamh éigin air nuair a bhásaíodh duine a raibh aithne aige air. Go háirithe duine ar bith a chuir olc riamh ar an teaghlach, nó a d'fhéach le é a náiriú ar dhóigh ar bith, i bhfad ó shin nó le gairid.

Duine mochéiríoch a bhí ann óna óige, agus ní fhéadfadh sé fanacht sa leaba i ndiaidh don chéad choileach ruaig a chur ar an oíche. Is iomaí maidin a d'éiríodh sé amach as an leaba mar a chuaigh sé inti, gan néal ar bith titim air. D'éiríodh sé an uair sin agus bhíodh sé ag timireacht timpeall an tí go dtí go ngabhfadh sé an Leabhar.

Théadh sé i mbun an tseoil agus léaspáin ag snámh roimh a shúile mar a bheadh ceo bruithne ann.

'January the thirty-first, January the thirty-first,' a chanadh an seol, is dá mbrisfcadh snáithc... shuíodh sé tamall fada is a cheann síos. 'Cad é a dhéanfas mé ar chor ar bith,' a deireadh sé leis féin, 'nuair nach bhfuil gean ag duine ar bith orm ach Iain Tom. Agus is dócha mo mháthair, nach bhfuil an dara rogha aici...is níl gean ag an Chruthaitheoir féin orm – is léir sin.' Agus toisc go raibh sé ina fhortacht dó, deireadh sé seo dó féin anois is arís, 'Tá dorchadas mór ar mo chroí, dorchadas nach dtréigeann, a tháinig is a d'fhuirigh dom' cheistiú.

'Is níl gean agam féin, má bhím ionraic, ar níos mó ná beirt nó triúr i gceantar fairsing Bharabhais go léir: Iain Tom, mo mháthair ós í a thug chun an tsaoil mé, agus is dócha Katie Mary.'

Chailleadh sé greim air féin mar ba ghnách nuair a bhíodh sé ag baint móna. Ní gan dua a bhaintí móin mhuintir Dhòmh' Ruaidh. Bhíodh sé fós ag cailleadh a stuaime, is é ag scairteach in aird a chinn, 'An diabhal ormsa! Nach tú atá deacair, is deacair do shaothrú cibé scéal é!' Agus chaitheadh sé an spád i lár an phoill, agus shuíodh sé ansin ina aonar ar an chamrachán is é líonta le héadóchas agus é ag gol.

Shiúladh sé, théadh sé amach thart timpeall, is céim breá tapa aige, ag léim na bpoll is na sruthán, agus d'fhilleadh sé agus d'amharcadh sé ar an spád. 'Níor chorraigh tú,' a dúirt sé léi lá amháin, 'is tá tú ansin fós, a chabóg bhocht.'

Bhí laethanta ann agus ní thiocfadh leis aghaidh a thabhairt níos mó ar sheol, ar chuibhreann, nó ar mhóin. Agus bhaineadh sé na cladaigh amach. Mar a raibh na faoileáin, ina gcéadtaí, ag glaoch le scréach chrua, thuas go hard nó thíos ar laftán, ag cosaint a críche agus ag caoi an anama a chaill siad. Istigh ar an chladach, agus an lá is dócha fiáin, fliuch, théadh sé a ghol. Agus neamhcharthanas na haimsire á dhíon ó shúile daoine. 'Ar chúl an gharraidh ghoil mé,' a deir an bard, 'mar nach gcluinfeadh anam beo mé. I bhfiántas na gcloch crotalach, thréig mo neart is mo threoir mé.'

Maidin de na maidineacha, is é ar a chosa breá luath, bhí sé amuigh san iothlainn ag baint péisteanna de na stoic cháil is á mbá i searróga pairifín, agus nach bhfaca sé rud éigin ag gluaiseacht – ní ba mhó ná iolar, ní ba mhó ná lao – ar bharr Chlach an Truiseil. Idir é agus an aird anoir, chonaic sé an chloch mhór ard dhorcha agus, féach, an rud sin ag guagadh is ag gogaireacht ar a mullach.

D'éirigh an ghruaig ar chúl a chinn. 'Ó, mo chreach! Ó, mo chreach,' ar seisean, is chuaigh sé síos ar a ghogaide idir an cál is an rúbarb. Chuaigh sé trína intinn, mar a théann gaoth trí pholl garraidh, go raibh an Boc Dubh ag bagairt is ag magadh air. Agus ba léir dó cé chomh suarach is a shíl sé Iain Tom is a leithéid a bheith. Iad féin agus a gcuid urnaí a bhí ag déanamh cosanta, go dtí seo, ar na bailte.

Bhí cársán ag teacht ann, is an anáil ag streachailt a slí trí chúinge a scornaí. Bhí an lúth i ndiaidh traoitheadh as a chosa, is bhí an t-eanglach i ndiaidh teacht beo ina dhá cholpa is síos caol a chos. Agus bhí an fharraige mhór ag líonadh is ag trá ina chluasa.

Chuala sé feadaíl fhonnmhar. D'amharc sé trí bhearna. Bhí a bhoinéad i ndiaidh sleamhnú anall fána chluas. Chaith sé seal ag gliúcaíocht is ag útamáil le scaithíní, is rinne sé amach faoi dheireadh gur buachaill óg a bhí ina sheasamh ar leathchos i mullach na cloiche.

'Chí Dia seo,' ar seisean leis féin de chogar. 'Chí Dia… Dar a bhfuil sa domhan braonach…'

D'éirigh sé ar a chosa. Réitigh sé a bhoinéad. Amach leis ar gheata na hiothlainne. Agus d'éalaigh sé suas, ag cloí le gach coirneál is cúinne, agus é cromtha. Stadadh sé corruair, ag féachaint roimhe, lámh amháin ag cosaint a shúl. Bhí an buachaill ina shuí cos-ghabhlánach ar bharr Chlach an Truiseil agus gáire ar a éadan ag féachaint síos.

'Cé leis thú agus cé as thú … a mhic na míchomhairle?' arsa an Sleapan leis. 'Tar anuas leat as sin sula mbriseann tú do mhuineál.'

'Ní thiocfaidh go fóill beag,' arsa an buachaill, 'is iontach nár sheas duine riamh thuas anseo ach mé féin.'

'Tar anuas as sin sula bhfeicfear thú,' arsa an Sleapan.

Bhí rópa ag an bhuachaill a bhí curtha mar chrios aige timpeall bhun na cloiche agus é feistithe le dhá theaghrán. Bhí sé i ndiaidh an chuid eile de a chaitheamh thar bharr na cloiche. Agus anall ar a cúl ansin agus é féin á ligean suas uirthi.

'An as Nis thú?' arsa an Sleapan, ag iarraidh a bhlas cainte a dhéanamh amach.

'An áit cheannann chéanna,' a d'fhreagair an buachaill, a bhí timpeall dhá bhliain déag is a bhí chomh dóighiúil le buachaill ar bith a chonaic sé riamh lena linn.

Lom láithreach, i bhfaiteadh na súl, fuair dreach an bhuachalla seo bua ar an tSleapan. Dar leis ón dóigh a raibh sé ag amharc ar a éadan go raibh aithne acu ar a chéile le fada riamh. Gheit a chroí mar a léimfeadh an fia rua, agus bhí sé caillte. 'Is glacadh mo chroí is mo shúil le chéile,' arsa an bard, 'is rinne mo ghrá mo leonadh ar ball.'

'Cad é an t-ainm atá ort?' arsa an Sleapan.

'Tormod Noraidh. An Tocasaid,' arsa an buachaill, 'agus cad é d'ainm féin?'

'Iain Thormoid Dhòmh Ruaidh. An Sleapan,' arsa an fear eile.

'Tormod a bhí ar m'athairse fosta,' arsa an Tocasaid. 'De réir cosúlachta is daoine iontacha iad na Tormoid seo.'

'D'fhéadfadh sin a bheith,' arsa an Sleapan, nach raibh ciall aige dá leithéid de diversion. 'Is beag a chonaic mise de.'

Thug Tormod amharc deireanach thart timpeall amach taobh an mhóintigh, is amach chun na farraige, agus tháinig anuas chomh mear le moncaí. Chorn sé an rópa in aon fháinne amháin timpeall a sciatháin.

'Tá mé ar slabhra leis an ocras,' ar seisean leis an Sleapan.

'Tá fáilte romhat bricfeasta a ithe againne,' arsa an fear eile, 'ach…tá…tá…tá sé róluath…ní maith le mo mháthair cuairteoirí teacht chugainn sula mbíonn an Leabhar léite…'

'Suífidh mé san iothlainn, is tar thusa amach chugam le babhla bracháin is bainne, is ná dearmaid an spúnóg,' arsa an Tocasaid.

'Ní fhóirfeadh sin,' arsa Iain Thormoid Dhòmh' Ruaidh. 'Chífeadh sí mé.'

'Agus fiú dá bhfeicfeadh?'

'Bhuel, d'fhiafródh sí…'

'Cad é an difear?'

'Díreach gur…'

'Abair léi go bhfuil tú ag dul a thabhairt babhla bracháin is bainne do bhuachaill as Nis atá de chóir a bheith caillte leis an ocras.'

D'imigh an Sleapan isteach san iothlainn agus isteach chun tí tríd an scioból.

'Cá háit a bhfuil tú ag dul leis sin, a ghasúir?' a d'fhiafraigh a mháthair.

'Tá mé ag dul a thabhairt babhla bracháin is bainne do ghasúr as Nis atá amuigh ansiúd, agus é de chóir a bheith caillte leis an ocras.'

'Ó, is ea,' ar sise.

An mhaidin sin, léigh sí an chéad salm go léir arís, ceann a raibh dúil mhór aici ann.

Is cosúil an duine sin le crann
a plandaíodh ar bhruach na habhann,
a thugann a thoradh go tráthúil
agus nach bhfeonn a dhuilleoga choíche.

'Nach ndéarfaidh tú leis teacht isteach, go n-íosfaidh sé a sháith,' ar sise.

'Déarfaidh,' arsa an Sleapan.

Bhí an gasúr chomh gasta is chomh nádúrtha is chomh greannmhar is níorbh fhada go raibh an tseanbhean lúbtha le gáire aige. D'inis sé dóibh faoina sheanmháthair, is faoin lá a tháinig an máistir scoile ina dhiaidh is a léim sé amach ar cheann ché an Phoirt, lena sheachnadh.

Is mar sin, más ea, a chuir an Sleapan is a mháthair aithne ar Thocasaid 'Ain Tuirc. Is bhíodh sé ag tarraingt orthu tuilleadh, fad is ba ann dóibh.

'Sin é féin, mo ghrá air,' arsa baintreach Thormoid Dhòmh' Ruaidh, uair dá raibh pictiúir an Tocasaid ar *Gasait Steòrnabhaigh*.

Bhíodh an Sleapan amanna ag taisteal na mílte fada slí síos go Nis ar sheanbhaidhseacal gan choscán deiridh le go bhfeicfeadh sé a chara. Ba mhinic nach mbíodh Tormod sa bhaile.

Seachtain nó mar sin i ndiaidh dóibh casadh ar a chéile, an mhaidin úd ba bheag nach ndeachaigh an Sleapan as cochall a chroí, rinne sé brionglóid.

Bhí sé leis féin i mbroinn eaglaise. Ní raibh sí beag is ní raibh sí mór. Ní raibh aon duine inti ach é féin. Ina sheasamh ina lár, ar urlár cré. Ballaí cloiche agus aoil. Láidir seasmhach. Má bhí fuinneoga inti, níor chuir seisean sonrú iontu. Má bhí doras ar a cúl, níor léir dósan é. Ní raibh suíochán, ní raibh binse, ní raibh cathaoir ann. Bhí díon adhmaid uirthi.

Nuair a d'amharc sé suas, bhí sé mar a bheadh sé ag amharc síos isteach i lár birlinge.

Bhí an eaglais suaimhneach agus pas beag fuar. Agus cé go raibh sé dorcha go maith, chonaic sé cnap cloiche ina sheasamh ag ceann na heaglaise. Ní raibh a dhath istigh san eaglais ach sin. Bhí sé arna shocrú sa dóigh is go seasfadh sé ansiúd, sa dóigh is go seasfadh rud éigin air, mar atá, seanlampa ola. Agus cé nach raibh sí snasta, is cé nach raibh sí réidh, ina dhiaidh sin is uile, bhí an chloch mhór chruaidh seo arna scealpadh is arna sneagadh is arna snoí is arna slíobadh go dtí go raibh a bheagán nó a mhórán de chuma uirthi, is go raibh sí ina haltóir.

D'amharc sé suas. Go fada suas sna néalta, chonaic sé balla beag solais ag síorthéarnamh go neamhdheifreach. Fad an aistir, bhí sé ag tiontú timpeall agus ag cur trí eireaball bheaga de féin. Síos leis trí dhíon na heaglaise gur shroich sé fáideog an lampa bhig ola. Siúd an lampa ar lasadh le solas buí bláfar, is ní raibh scéal níos mó ar an bhalla a tháinig anuas.

Sheas an Sleapan á choimhéad. Bhí sé folamh ó smaointe. Ach bhí suaimhneas is síth ina chroí. Bhí solas an lampa ag léimneach go socair in aon ghluaiseacht bheag amháin ag imeacht ar feadh bhallaí na heaglaise, mar líon mogallach a bheadh á thógáil is á bhogadh leis an uisce.

Nuair a dhúisigh sé, chaith sé seal fada ag smaoineamh ar an aisling. Luigh sé san áit a raibh sé agus níor chorraigh sé. Bhí sé luath ar maidin agus ní raibh ábhar aige le corrú. 'A Mhuire is a Rí,' ar seisean leis féin, 'an rud a chonaic mise.'

Gluais

An Áit is Áille faoin Spéir

MacLeòid: Anns an talla 'm ba ghnàth le MacLeòid ('Sa halla a thaithigh MacLeòid') Amhrán cáiliúil deoraíochta a rinne Màiri NicLeòid, a rugadh timpeall na bliana 1615. Is ar an Eilean Sgitheanach a bhí áras MhicLeòid.

"Thoir mo shoraidh dhan taobh tuath… ": Tabhair mo bheannacht don tír thuaidh/ Eilean Sgitheanach na mbua/ An t-oileán dár thug sé moladh'. Ón amhrán molta 'Eilean Sgitheanach nam Buadh' as a bhfuarthas teideal Gàidhlig an scéil seo fosta. Téann focail an amhráin in aimhréidh ar Eachann, agus meascann sé na véarsaí a thosaíonn le 'Maidin mhoch Dé Máirt' agus 'B'fhearr liom féin ná míle coróin.'

Ag Bailiú Ruairidh 'ic 'Ain Òig

Canaigh: Ceann de cheithre oileán bheaga sa taobh ó dheas den Eilean Sgitheanach.

An Bhantrach Mhabhsgaideach: An Bhaintreach Mhioscaiseach, leasainm.

Athaithne

Calmac: Caledonian MacBrayne, comhlacht farantóireachta.

Ninewells: Otharlann i mbaile Dhùn Dè.

Ealaín na Fulaingthe

An Dallag: Leasainm ar bhean chaoch.

An Tocasaid

The Third Programme: An t-ainm a bhí ar BBC Radio Three, tráth a lainseáladh é.

Tocasaid: Oigiséad nó *hogshead*: soitheach mór den chineál a úsáidtear le fíon agus biotáille a iompar. Is é an fheidhm atá leis sa chás seo ná uisce báistí a choinneáil.

Na Bróga Donna

Is crua duit a bheith ag gabháil de do shálaibh in aghaidh na ndealg. Sliocht as Gníomhartha na nAspal 9:5. 'Tis hard for thee to kick against the pricks.'

Iain Geur

An rud a chuirfeadh sé ina cheann, chuirfeadh sé ina chosa é: Cor cainte a mholann do dhuine gníomhú seachas a bheith ag caint ar rud a dhéanamh.

Litir odhar: Is é sin litir i gclúdach donn, bille nó a leithéid.

Cailean Mi Fhìn

Cailean Cò Th' ann ach Mi: Leasainm a chiallaíonn 'Cailean Cé atá ann ach Mé'

A' mhaide-leisg: Trial of strength performed by two men sitting on the ground with the soles of their feet pressing against each other. Thus seated, they held a stick between their toes which they pulled against each other till one of them was raised from the ground.' *Dwelly's Illustrated Gaelic to English Dictionary.*

An Sleapan

Sleapan: Peann scláta a bhí gairid cruinn, agus a d'fhágfadh marcanna liatha ar scláta a d'fhéadfaí a ghlanadh ar ball.

Teach geal: Teaichín le díon sclátaí seachas díon tuí.

An Sleapan Arís

...ag caoi an anama a chaill sí: Piseog a mbíodh iascairí na hAlban ag tabhairt isteach di i.e. go n-aistrítear anam na mairnéalach a bháitear ar muir chun na bhfaoileán.